Nicola Gardini

Daddy

ROMANZO

SIS_MONDADORI

mondadori.it

Daddy
di Nicola Gardini
Collezione Scrittori italiani e stranieri

ISBN 978-88-04-80595-3

I edizione febbraio 2026

Daddy

A Milli

Daddy è diminutivo di *dad*, monosillabo antichissimo, che sgorga dritto dai tentativi prelinguistici dell'infante, e che, variamente modulato, ricorre in numerosi idiomi, compresi il latino e il greco. Oggi indica una maschera internazionale tipicamente gay, che in italiano è detta anche *papà, papi, papino. Daddy*, comunque, prevale anche fuori dell'inglese. È affettivo e simpatico. Subito richiama la canzone di Cole Porter, *My Heart Belongs to Daddy*, di cui Marilyn Monroe offre la più memorabile interpretazione in *Let's Make Love* – quanto superiore a quelle di molte altre, comprese la regina Ella Fitzgerald e la stessa Mary Martin che la lanciò. Fa anche venire in mente la più celebre poesia di Sylvia Plath, e la lettura che lei ne ha fatto, volgendo quel tenero suono color latte in un insulto di pietra. A me piace anche perché evoca, pur se per meccanica associazione, il verbo *dare*, che è prerogativa essenziale del *daddy*. Un "dare" fisico e mentale, si badi, non monetario. Il prestante *daddy* dei nostri tempi, infatti, non va confuso con il pagante, senescente *sugar daddy* d'americana memoria (referente della citata canzone). Questo racconto senza dubbio vi chiarirà le idee una volta per tutte.

Mi era tornata la voglia di sesso. E allora? Meglio non pensarci. Ero diventato vecchio e malinconico. Mi facevo schifo. Se facevo schifo a me stesso, figuriamoci agli altri. Ma ci pensavo. Eccome, se ci pensavo! Mi diedi una sistemata con lo yoga e con il nuoto, e questo mi infuse il minimo coraggio necessario. Per cui all'inizio dell'estate, dopo aver dibattuto lungamente la faccenda con Monica, scaricai l'app di Grindr. A mettermi a chattare, però, non mi decidevo. E il tempo volava... Arrivò un altro inverno e io continuavo a non combinare niente. Portarmi a letto uno sconosciuto a quest'età, all'antivigilia dei sessanta? Ributtarmi nella mischia? Dopo oltre trent'anni di perfetta, dolcissima monogamia? Volevo tirarmi addosso una tristezza ancora più insopportabile? Volevo soccombere all'umiliazione?

«Ora comincia la vita solitaria» scherzavo con Monica, provando a convincermi per davvero che il sublime raccoglimento psicofisico che poeti e filosofi avevano teorizzato in tanti secoli di brava civiltà non fosse il destino più deprecabile, e che fosse giunto anche per me il momento di essere un po' poeta e un po' filosofo. «Ora cominciano la riflessione e i ricordi.»

«Non dire cazzate» mi sfotteva lei. «La solitudine mica esclude il sesso!»

Ma io volevo l'amore. Volevo *ancora* l'amore. E tutto l'amore che la fortuna aveva da darmi me l'aveva già dato. Bastava così.

Lei, sempre troppo spiccia, ogni giorno mi diceva, a voce o per iscritto:

«Devi semplicemente ricominciare a scopare.»

Provavo a immaginare che cosa avrebbe fatto Alex se il primo a morire fossi stato io. Avrebbe scaricato Grindr? Avrebbe chattato, incontrato qualcuno, scopato dove avevamo scopato noi, solo noi? Chissà... Neanch'io, d'altra parte, avrei mai saputo dire finché fu vivo come mi sarei sentito senza di lui.

Ma ero davvero senza di lui? Il suo corpo non c'era più, ma lui restava. Si nascondeva. Quando gli andava, m'appariva sul balcone nella forma di un merlo o di una rosa. Oppure segnalava la sua presenza bruciando le lampadine della cucina. Ogni tanto gli veniva voglia di mostrarsi in sogno. Là, però, era meno benevolo. Mi evitava o mi respingeva. Ed era sempre sul punto di morire. Chissà perché non si lasciava avvicinare. Ero sicuro che gli mancassi almeno tanto quanto lui mancava a me e che continuasse a preoccuparsi per me. Come faceva a trascurarmi così, tutt'a un tratto? Adesso che di lui avevo tanto più bisogno? Una notte, dopo averlo molto cercato per la città (non mi è rimasto in mente se fosse Milano o New York), trovai l'indirizzo della sua nuova abitazione. Bussai alla porta e lui mi aprì. Non appena mi vide, mi chiuse la porta in faccia. Capitava anche che ci ritrovassimo a mangiare nello stesso ristorante, ma non allo stesso tavolo. Lo notavo, mi notava, eppure non ci avvicinavamo. In effetti, sì, una volta mi venne accanto, magro come nell'ultimo periodo, ma ancora bello. Mi abbracciò perfino. Mi rimproverò di non averlo mai portato a Creta. E ripetemmo il bisticcio che tanto spesso avevamo fatto. "Amore, io domani muoio e tu non mi hai ancora portato a visitare il labirinto" recriminava. E io: "Il *labirinto*, come lo chiamano gli ingenui, è una presa in giro". E lui: "Ma se neanche ci sei stato!". "E non ci voglio andare!" "Non vuoi conoscere la casa del Minotauro?" "Figurati se quelle quattro rovine sono la casa del Minotauro!" "Potrebbero benissimo esserlo, invece. E se non lo sono, pazienza. Ricorda che Minotauri siamo anche noi!"

Ai sogni preferivo decisamente le lampadine bruciate. Però, il sonno lo cercavo, perché potevo credere che, mentre dormivo, Alex mi fosse ancora accanto. Sembrerà strano, ma sentivo soprattutto nostalgia del suo corpo malato. Durante la malattia l'avevo amato di più, sebbene le possibilità di contatto si fossero ridotte a ben poco, o forse proprio per questo. Mi allungavo vicino a lui e aspettavo che mi appoggiasse la mano sulla gamba o mi sfiorasse il piede con il piede. Talvolta, quando era tranquillo, si lasciava abbracciare da dietro. Dopo di che entrava in un riposo pesante e compatto, come se da me a lui fosse passato un narcotico. A quel punto il mio corpo si abbandonava allo stesso riposo. Questa reciprocità ipnotica era perfino superiore al sesso, se pensiamo che il sesso, a parte essere una fonte di piacere immediato, è nella sua forma assoluta lo sforzo di diventare l'altro; o, almeno, di rendere uguali i due amanti nell'invenzione di una sola felicità. Noi adesso, in un perfezionamento ultimo della nostra storia, addormentati del medesimo sonno, non dovevamo sforzarci più.

Cominciai a usare l'app il primo dell'anno. Che razza di linguaggio, però! Niente grammatica, niente ortografia, niente punteggiatura. E stolte rappresentazioni. E presunzione a non finire. Questo soprattutto mi apparve Grindr in un primo momento. Nessuna ironia o autoironia, se non involontaria. Nessuna comicità, o poca; pure quella involontaria. Moltissima prevedibilità. Non assente l'imprevedibilità, che però coincideva quasi sempre con l'idiozia. L'esempio più degno di nota, nella chat privata: "Sei gay?". Oppure, sotto la foto del profilo: "Ultimi giorni su questa merda di Grindr!". L'autodenigrazione e la rabbia andavano forte! "Dammi del frocio in un messaggio vocale."

Nel giro di poche settimane feci l'abitudine a tutto. E imparai l'arte di scartare in un momento il peggio. I primi giorni, però, notavo il minimo dettaglio; e pativo. Certi prendono lo spazio del profilo personale per una vera e propria tribuna, e ti puntano il dito contro, pretendono di insegnarti la buona educazione, minacciano sanzioni e rappresaglie prima ancora che tu li abbia contattati. "Guarda che ho il blocco facile!", "Se non rispondo, fattene una ragione", "Rispondo a tutti, ma non mettetemi fretta", "E non mandarmi foto allo specchio..." e via dicendo. Non mancano i filosofanti, i teorizzatori... Sentite questo:

> Quando la mente è imprigionata, allora la vita spirituale muore. Quando lo spirito muore, non c'è ragione di vivere.*

E questo, lapidario disfattista:

> Non ho niente da dichiarare, tanto è inutile.

E questo, a un tempo immaginifico, pedagogico e involontario sabotatore di sé stesso:

> Sono come una casa al mare: non ci si va quasi mai.

E questo, che se la sbriga con una citazione letteraria:

> L'unico modo di liberarsi di una tentazione è cedervi. (Oscar Wilde)

E questo, citazionista meno scontato, perché pesca dagli ottonari di un non dichiarato *Orfeo ed Euridice* di Gluck:

> Grande, o Numi, è il dono vostro, lo conosco e grato sono, ma il dolor, che unite al dono, è insoffribile per me.

E questo! Sentitelo, voce dell'ultimo nichilismo, castigatore, vero e proprio negatore della filosofia Grindr, infiltrato o malcapitato incrocio tra il moralista classico e il misantropo dostoevskiano:

* Le parole sono originali; io ho solo risistemato l'ortografia e la punteggiatura, in questa e in tutte le citazioni seguenti, che ho copiato per far ridere Monica.

> Tendenzialmente in cerca di una relazione stabile, il sesso occasionale non mi interessa e neanche le vostre foto intime. Non mi piace mai nessuno, non mi piaccio granché neanch'io, quindi se non rispondo è più che normale.

Meglio, alla fine, quelli che (in genere gli sposati con donna e i bisex) nel profilo personale non mettono proprio niente, né foto né descrizione. Un ultimo, di simile tenore, con un tocco di antiumanesimo, non senza cedimento finale:

> Sono solitario, preferisco i cani alle persone! Parti da questo presupposto. Non ho perso nulla; dunque, non cerco nulla. Scopate non ho certo bisogno di cercarle qui.

L'ultimo, prometto, paradossale e dispettoso, beckettiano:

> Mi piacciono i profili vuoti, senza foto, che chiedono foto e poi bloccano. Più lontano sei, meglio è: così parliamo all'infinito. Mandami solo foto in scadenza: altrimenti le stampo e distribuisco per strada.

La maleducazione impera. Ma i villani veri e propri non sono frequenti. Chi insulta insulta per invidia, se dici, per esempio, che sei già preso con qualcun altro o se ti neghi per una qualunque altra ragione. Per insicurezza. Per vanità. Per vittimismo. "Che frase del cazzo!" sbottò uno, dopo che gli avevo risposto che non ero in grado di frequentarlo regolarmente, come lui richiedeva non si sa bene a che titolo. E un altro, furibondo perché gli avevo detto che era troppo tardi per stare lì a chattare: "Corri, corri da quella troia di tua moglie".

Vogliamo parlare delle fotografie? La maggioranza supera in bruttezza la più brutta delle frasi. Quello sfoggio di ciccia serviva davvero a ottenere un incontro? E quell'espressione cretina aveva davvero la pretesa di divertire? E il dito medio alzato? E quei pelacci disordinati, perché? Quelle linguacce? Per non parlare delle foto degli ani e dei cazzi che mi spedivano sulla chat; i famosi "album". Buchi belli ne giravano pochissimi, intendo quelli tipo fossetta di materasso, che un po' devi andarli a scovare in fondo al corridoio delle natiche; gli ani-ombelico; o quelli lievemente, elegantemente radianti, cuciti lì, come bottoncini nell'imbottitura di un pouf; o anche quelli verticali, stretti stretti come asole di camicia. No, la maggioranza erano crepe grinzose, orridi zig-zag, fori sfatti, crateri spenti, occhi d'elefante, terrazze smottate, anfratti bargigliuti, crepacci, moccolaie. Lo stesso valeva per i cazzi. Eppure, li sbandieravano! I peggiori quelli rastremati, grossi alla base e puntiformi in cima, magari perfino storti. Quelli rubicondi come nasi di ubriaconi. Quelli petrosi, eccessivamente venosi... Quelli... Be', inutile insistere, ognuno ha il cazzo che ha, non quello che si merita, purtroppo. Belli, in conclusione, pochi. Alcuni mi mandavano un'immagine del loro pessimo buco (o "buchetto", come si usava dire con finto diminutivo) e del loro pessimo cazzo prima ancora di dirmi "ciao". Ma non si vedevano? No.

Grindr è uno specchio che non riflette, ma inventa illusioni. Ci si pigia addosso tutti come in un raduno di piazza e si approfitta della situazione per palpare il palpabile, con poche parole mal dette e con immagini pur sempre improvvisate, anche quando meno ripugnanti di altre: immagini che non stanno per il corpo.

Non avevo niente contro il fatto che un po' di sesso potesse arrivare a chiunque. Disapprovavo in via di principio (o meglio, disapprovavo da principiante) solo l'esibizione inconsapevole del pessimo gusto. Ma, alla fine: era davvero pessimo gusto? Era davvero esibizione inconsapevole? Non stavo ragionando da vittima di vecchi pregiudizi? Da ipocrita, io che mi ero sempre vantato di non conoscere l'ipocrisia? Da moralista da strapazzo? Da vedovo disperato? Chi postava o inviava una brutta foto era probabilmente uno che sapeva come andavano le cose assai meglio di me, ed era capace di accettare sé stesso assai più di quanto io mi fossi mai accettato o mi accettassi in quel disgraziato momento della mia vita. Il che, dovevo ammetterlo, se da una parte infastidiva, dall'altra regalava un briciolo di audacia, come se il mio Alex mi soffiasse all'orecchio: "Che aspetti, amore? Fatti sotto! Vuoi continuare a farti seghe fino alla fine?".

Bisogna pure riconoscere che alcune foto belle si trovavano, sia nei profili pubblici sia nelle chat private. Penso a interi archivi di fisici atletici, ben formati, di pettorali torniti, burrosi, con la ciliegina di un capezzolo divino, ai bicipiti gonfi e allungati, alle teste perfette, alle gambe poderose, agli addominali da eroe... Anche su foto del genere, però, ci sarebbe stato da ridire, perché sprigionavano un nauseante narcisismo. Non potevo non pensare con angoscia, prendendo Grindr a campione dell'intero Paese, che quei culi e quei cazzi analfabeti, brutti o belli che fossero, corrispondessero tutti a individui votanti! E cosa mai votavano?

Ricevuta la foto della mia faccia, alcuni aggiungevano l'epiteto "porco". Capii presto che su Grindr "porco" è un gran bel complimento. Porco è chi si fa succhiare l'uccello, ti guarda negli occhi mentre ti scopa e ha parecchia resistenza. In effetti mi si poteva definire "porco". Io mi sarei definito "romantico", ma questo aggettivo non era spendibile su Grindr. Decisi di classificarmi come "dominante e dolce". Ci tenevo, comunque, a precisare che io non avevo aspettative, fantasie preconfezionate, sceneggiature pronte. Di me potevo affermare con certezza solo che ero maturo e attivo, che rifiutavo la violenza, che non pisciavo e non cacavo addosso alla gente. Tutt'al più, su richiesta, pronunciavo convenzionali insulti.

Nell'incontro quel che trovavo trovavo. Niente mi avrebbe deluso, perché ero già totalmente deluso. Pure quando notavo qualcosa di spiacevole, evitavo le proteste o le critiche. Solo una volta fui sul punto di sbottare davanti a un culo puzzolente in cui stavo per spingere la lingua. In effetti, il tipo era da rispedire a casa. Anche in quell'occasione, però, preferii sorvolare, e mi ritirai prontamente, avvertito dal naso; e trovai un'alternativa non troppo maldestra.

Io pretendevo che ogni incontro fosse diverso – perché pretendevo, cioè mi aspettavo, che ogni persona fosse diversa. Stavo cercando Alex, ma di certo non stavo cercando una copia di lui. Per questo non sopportavo che mi si chiedesse nella chat privata – ed era la domanda più comune – "Cosa cerchi?". A uno, per tagliar corto, scrissi: "Cerco il meglio dell'altro e cerco il meglio di me". E quello: "Un po' vago". Ma no, non era vaghezza, questa. Era nostalgia. Ero vecchio e volevo sentirmi nuovo, come mi ero già sentito tanti anni prima con Alex. Nuovo nella bellezza e nella bontà altrui. Ridete? Senza questo ideale non mi sarei mai messo su Grindr, anche se molto probabilmente quello era il posto meno indicato, un po' come aspettarsi di acquistare un mazzo di rose in una macelleria. Però ogni tanto non spiccano proprio nelle vetrine dei macellai certi bellissimi rametti di rosmarino tra le parti delle bestie trucidate? Alex, quando mi sceglesti, non ero anch'io l'avanzo di un massacro?

Grindr, in effetti, non era lo schifo totale che a me sembrò in un primo momento, e che potrebbe sembrare a qualunque novizio. Provate da voi, avanti, per farvene un'idea. Lo dico a tutti, donne e uomini. Scaricatelo – ci si mette un minuto. Createvi un profilo. Inserite nome fasullo, foto di altri (puntate sui muscoli, che funzionano quasi universalmente), lasciando fuori il viso, se non volete sputtanare nessuno o rischiare una denuncia. Nella chat privata avrete la libertà di mandare qualunque cosa, compresi i genitali, che il regolamento dell'app proibisce di postare sul profilo. Meglio scrivere "attivo" o "top"; avrete più candidati. E in men che non si dica il localizzatore di Google vi butterà in orbita. I nuovi sono i più ricercati, sia perché c'è fame di novità, sia perché così determina l'algoritmo.

Ed eccolo, il segnale! Eccola, nel centro o sul fondo del display, l'icona tentatrice, la mascherina gialla, enigmatica intrusa, un po' da carnevale di Venezia un po' da *Eyes Wide Shut*! Oh, anche troppo presto diventerete adepti di quella faccia-non-faccia, e ancor di più di quel suono-non-suono, di quell'intero meccanismo seduttivo, e ogni volta che qualcuno vi cercherà, il cuore vi farà un salto, un salto particolare, il cardiosalto da Grindr. E non sarete mai sazi di essere contattati. E se, come può capitare, nessuno si farà avanti per un po', non lo sopporterete, vi crederete vittime di un malocchio, non smetterete di controllare il display del cellulare. Niente panico. La mascherina riapparirà, il suono risuonerà.

Va, comunque, ricordato che le segnalazioni acustiche possono venir meno o avvenire capricciosamente, per cui è sempre bene verificare ogni tot minuti, qualora siate a caccia, che il display non riporti una mascherina o anche più mascherine.

Se abitate in una grande città, non starete dietro alle richieste, tre, quattro alla volta. La stessa provincia, d'altronde, quando ci si entra da turista, può rivelarsi un rifornito supermercato. E non trascurate i tap, le simpatiche fiamme di chi ti nota, ma non se la sente di cominciare una chattata, per qualunque ragione, e ti manda quella specie di occhiolino, nella speranza che ti faccia avanti tu con un "ciao".

Di notte arrivano quasi più contatti che di giorno, perché gli arrapati, nel buio profondo, liberi dagli impegni quotidiani (molti lavorano, alcuni studiano), smaniano di sete di cazzo oppure hanno lo scrupolo di organizzarsi un incontro per la pausa pranzo del giorno dopo o vogliono semplicemente dire sporcacciate per arrivare all'autoerotismo che porterà loro sogni sereni. E non vorrete mai andare a letto per paura di non sentire le ulissiache sirene durante il sonno; e, una volta a letto, vi sveglierete e allungherete il braccio verso il cellulare. Per questo vi consiglio di lasciarlo in un'altra stanza, silenziato. Se sembro canzonatorio, lo sono solo nei confronti di me stesso. Io, a un certo punto, mi decisi a togliere del tutto la suoneria dell'app, per non farmi distrarre né di notte né di giorno.

Attenzione! Ci sono i giorni maledetti in cui non si becca niente di niente. Non mi vergogno a dire che, quando andava così, mi veniva da incolpare le stelle. Sì, c'è un cielo tutto particolare per i pastori erranti di Grindr. Qualcuno che ti contatta esiste anche sotto quel cielo, ma non ti va mai bene o non gli vai bene tu. E non fai che bloccare e venire bloccato. C'è pure il rischio che ti lascino al portone. Va notato che alcuni di quelli con i quali lì per lì non si è concluso niente possono tornare buoni più avanti. Perfino a distanza di parecchi mesi. Una mattina si svegliano e – dopo essersi arresi alla constatazione della carestia (l'abbondanza su Grindr è speciosa, è plasticosa, come le aragoste nelle vetrine di certi negozi di gastronomia) – si ricordano che esisti e così decidono che quella vecchia chat può finalmente rendere qualcosa: "Ciao, non ci siamo più sentiti". O anche: "Ciao", come se vi foste scritti fino al giorno prima e steste solo continuando una conversazione appena interrotta. Oppure: "Quando ti decidi a sfondarmi?". E tu, prima di rispondere, non ricordando chi sia il corrispondente, ripercorri le frasi e le foto che vi siete scambiati e concludi a tua volta che, in effetti, vale la pena ritentare. "Già... Tutto bene? Io ci sono, se vuoi." L'inconcludenza, dunque, talora si rivela una riserva, una specie di provvidenza divina. Cautela, a ogni modo! Di questi inconcludenti che si rifanno vivi all'improvviso dopo parecchio tempo molti sono incorreggibili.

Nel giro di poche settimane mi ritrovai daddy. Mi ero creduto finito e invece ero un'icona. Piacevo. Piacevo molto – un po' a tutti, ma soprattutto ai giovani passivi, che finirono per costituire, con l'aiuto dell'algoritmo, il mio esclusivo pubblico. L'anagrafe, dunque, anziché essermi contro, era dalla mia parte. Non che l'età elevata basti. Molti uomini, nonostante il sostegno degli anni (diciamo che si parte dai quarantacinque), daddy non lo sono per nulla, perché del daddy non hanno il temperamento. Il daddy, come prescrive il codice corrente (che attinge da millenni di storia omosessuale, avendo alle spalle il pur sempre intramontabile archetipo dell'amore paidico greco, *ma* – sto calcando sull'avversativa – presenta oggi micidiali semplificazioni per effetto del digital che lo confeziona), è maschio esperto e deciso. Lui domina, castiga e ricompensa. Vizia il suo ragazzo e al tempo stesso lo mette in riga. Lo penetra a fondo, instancabile; gli fa male per fargli bene. Può anche schiaffeggiarlo, con la mano o con il cazzo, o con tutt'e due, o stringergli la gola, ovviamente con moderazione – altrimenti si sconfina in altre categorie. Lo sculaccia. Inutile dire che il daddy non è fatto per prenderlo. Il daddy passivo è una sorta di ossimoro. Lo sanno bene i passivi stagionati, per i quali la vita non è facilissima, poiché, per la su ricordata tradizione millenaria, prevalente è la pratica del giovane sodomizzato dal vecchio.

Come c'è il *daddy*, così c'è il *figlio*, o *figliastro*, o – direttamente in inglese – *son*, con evidente pretesa di incesto (che solo pochissimi, però, trovai disposti a confessare). O *cucciolo* (*cub* in inglese, quello del leone). Qui la terminologia non è ancora consolidata. Io opto per *cucciolo*, perché mi pare meno morboso. Lo trovo anche un pochino comico.

Il personaggio del cucciolo è parecchio vario, sia per età sia per capacità sessuali. Posso solo dire in base all'esperienza di quei mesi assurdi che tutti i cuccioli, prima di far sesso con il daddy, per irretire il daddy, si proclamano arrendevoli, obbedienti e desiderosi di servirlo. Ricorrenti, perfino formulari, i proclami come: "Sono qui per servire il mio papà...", "Puoi farmi quello che vuoi, papà...", "La mia bocca e il mio culo esistono solo per il piacere di papà...". E magari il culo manco gli si apre, perché non ci sono portati, o per qualunque altra ragione, fosse anche solo la mancanza di pratica. Come dice Monica, convinta assertrice del sesso anale per le donne: "Quella è una porta che si apre da dentro". Che cos'è, tolti gli orpelli della retorica, tanta esaltazione da martiri? Bisogno di una guida? O deresponsabilizzante resa all'iniziativa altrui? Forse un po' di tutt'e due. E moda! Oh, tanta moda! La moda, si sa, è quella cosa che crea bisogni fasulli, o meglio: quella cosa che dà faccia di bisogno a qualcosa che bisogno non è, oppure traveste di futilità un bisogno profondo, perfino rimosso, che non sa apparire e forse mai apparirà. Le due accezioni coesistono, sebbene l'una talvolta tenda a prevalere.

Non aprirò, tranquilli, una digressione sul pappagallismo che regola i costumi sessuali dei cuccioli – pappagallismo che, in realtà, fa da regolatore dei costumi sessuali di tutti fin dal paleolitico, con la differenza che i cuccioli non scelgono di imitare, imitano e basta, non avendo alternative, sostituendo subito l'istinto con la scimmiottatura dei modelli che fornisce la pornografia e fossilizzandosi nella diffusione esponenziale di quelli. Né, cosa più degna di scrutinio filosofico, la farò lunga sullo sbandamento morale della nostra gioventù, ragionando sui pericoli sociali che quelle pose compiaciutamente remissive presuppongono. Non cederò neppure alla tentazione (fortissima) di speculare sull'ipotesi tutt'altro che peregrina che i totalitarismi e le religioni siano fenomeni di asservimento erotico collettivo, cioè moda pure loro (intendo, comunque, finita questa narrazione, chiudermi in biblioteca a studiare la questione). E non tenterò la benché minima ricerca sull'influenza dell'educazione familiare, su cui pure, tra me e me, talvolta mi trovavo a esprimere qualche opinione non proprio positiva (padri, madri, lo state facendo il vostro lavoro?). Mi terrò ai fatti, che mettono d'accordo, almeno per il bene del racconto, sia gli istinti, che sono sempre difficili da interpretare e da riportare a cause certe, sia le maniere del comportamento, pure quelle, d'altronde, sempre ambigue, anche quando sembrano voler dire una cosa soltanto. Ma quando mai una cosa è una cosa soltanto? E quando mai una cosa si comprende subito? E quando mai quel che proviamo dopo aver vissuto una certa cosa è veramente quella certa cosa?

Nei fatti, comunque sia, i cuccioli – almeno i cuccioli che incontravo io – erano esibitamente, esibizionisticamente docili: ridotti a oggetto sessuale per il daddy, a sua volta ridotto a puro soggetto sessuale, a idolo. Oh, qui mica si sta parlando dell'attrazione del giovane per l'uomo navigato! Mica si sta parlando di giovani troppo grandi per la loro età e dunque così scontenti dei propri coetanei da desiderare l'uomo più grande come più degno interlocutore, o perfino come guida per le perigliose rotte della giovinezza! Il cucciolo tipo non è affatto *troppo maturo*. Anzi: è spaventosamente infantile. Ovvero egoista, prepotente, capriccioso. Narcisista! Si professa solo pezzo di carne desiderabile e pretende che così lo considerino altri. Per lui meglio dell'uomo grande non può esserci. Che soddisfazione sarebbe piacere a un coetaneo? La moda gli ha dato un falso bisogno – quello di ridursi a oggetto esclusivamente sessuale e, nel contempo, di ridurre a soggetto esclusivamente sessuale, a idolo, il daddy. E, però, gli ha risvegliato un vero bisogno: quello di assoggettarsi, di volersi servo; barattolo del seme paterno; vaso di una superiore potenza; fodero del fallo.

Il cucciolo, appunto, serve. E, servendo, prova riconoscenza, perché il servizio (nel senso dell'etimologico *servitium*) gli porta dominio. Prodigioso ossimoro! Il fluido del daddy, infatti, gli inocula vita: un rito fertilizzante, ovviamente impossibile e proprio per questo miracoloso, sacro; come la transustanziazione eucaristica. Il daddy viene cannibalizzato, ingurgitato dal culo, perché è nutrimento, non meno della madre nella gravidanza e nell'allattamento. La sodomia non è che poppata capovolta; il cazzo non è che capezzolo; l'ano non è che bocca. Non esiste più residuo, non più merda: dal retto transita nettare.

Che commozione mi dava sentirmi ringraziare mentre cominciavo a infilarlo! Quasi piangevano dalla felicità, i neonati famelici! E solo di quel cibo erano desiderosi. Raro, rarissimo il cucciolo che accetti, prima o dopo il sesso, un biscotto o un bicchiere d'acqua. E se lo accetta, be', qualcosa non sta funzionando. A uno dei primi che mi venne in casa offrii, prima di spogliarlo, una fetta di panettone. Era passato da poco il Natale; e a me piaceva accogliere l'ospite con una dimostrazione di ospitalità. Sono certo che quello si sia domandato per un momento se non fosse meglio girare i tacchi.

Tanta oblatività psicosessuale dura la durata dell'incontro. Il darsi dei cuccioli, a differenza del darsi del daddy, è nella stragrande maggioranza dei casi alterazione da stupefacente: seduzione dell'idolo, che idolo deve restare. Uscito dall'estasi, il cucciolo lo vedrebbe solo come statuina, bibelot, immaginetta da bancarella parrocchiale, e a tale decadimento ontologico lui non acconsente. Per questo è quasi impossibile incontrare un cucciolo per più di due volte, nonostante all'inizio lui si dichiari disponibile a compiacere il suo daddy per l'eternità. L'idolo, infatti, non è ammesso che si trasformi! Per il cucciolo sarebbe la morte! Sarebbe come nutrirsi di veleno! E se anche al secondo incontro si arriva (io ci arrivavo puntualmente innamorato, o non ci sarei arrivato proprio), non ce ne sarà un altro. Eccezionalissimo un terzo. Il cucciolo sa quando occorre smettere. E riesce a smettere, anche se quel certo daddy gli è piaciuto. Così, l'idea del daddy (prendete il termine *idea* nel significato che ha per Platone) non si incarna mai in un solo daddy. Il cucciolo notte e giorno è a caccia del prossimo daddy. Daddy + daddy + daddy + daddy + daddy + daddy ecc. ecc., all'infinito (se ammettiamo per ipotesi irrealizzabile che il cucciolo non invecchi mai, come Dorian Gray), quando, infine, l'idea sarà contemplata in tutta la sua perfezione. (Il vero Daddy – in pratica – è Dio.)

Solo se consumistico e coattivo, il cucciolo può non uscire dalla parte, che è, alla fine, l'unica fonte del suo piacere: il finto bisogno che nasconde un vero bisogno, l'autoriduzione a buco di culo che pretende l'ingestione perenne di vita. La finzione che indossa si deve lavar via come il fango di una maschera di bellezza, prima che sia amore. Sotto subito con un'altra, che poi è la stessa; la replica della replica della replica, frattalicamente. Ma se l'incontro è finzione, come sostengo (soddisfazione del falso bisogno), e il piacere (la cosa più costruita che uno possa immaginare, e quella che più crediamo universale, come il caldo e il freddo) è solo piacere della finzione, che proibisce all'iniziale sogno di vita di realizzarsi, perché prendersi la briga di incontrare qualcuno? La risposta è semplice: l'essere umano coltiva la bugia molto più della verità, soprattutto nella giovinezza. Probabilmente è un dispositivo darwiniano, la bugia; una via di fuga. Tutti siamo potenziali prede, e questo vale dal giorno della nascita a quello della morte, la più infallibile nell'arte del predare.

Da adulti crediamo di essere imbattibili (quella presunzione a torto si attribuisce ai giovani), e possiamo avvicinarci alla belva senza troppa paura. Da giovani no. La belva, che tanto ci attira, dobbiamo domarla da lontano. Occorre, dunque, fare finte (sì, al plurale). Come? Lusingandola. Inducendola a credere che le entreremo presto nelle fauci. Fuori di metafora: facendoglielo venire duro. Il cucciolo sta al mondo per questo: per dimostrarsi di poter eccitare il daddy. Vuole esserne divorato, ma preferisce divorarlo – inghiottirne il cazzo, da sopra e da sotto, e così chiudere il discorso. Una volta che l'ha fatto, per mezzo di quel certo daddy non ha più niente da dimostrarsi. Avanti il prossimo. Insistere con lo stesso significherebbe non aggiungere niente al primo trionfo, anzi: si rischierebbe di diminuirlo, il trionfo, perché il daddy-belva potrebbe rivelarsi all'improvviso impermeabile alle lusinghe; poco affamato, o meno dell'altra volta; o potrebbe, mangiatolo, digerirlo ed espellerlo come uno stronzo. Il cucciolo odia anche solo il pensiero della sazietà del daddy. Ecco perché non si innamora: lui non si dà tutto, cioè fino all'ultimo boccone, per paura di non essere carne da divorare la prossima volta. Lui l'amore lo separa nettamente dal sesso. Donde la ripetitività, la rigidità, l'intransigente fedeltà a sé stesso del cucciolo. Come consegnarsi veramente, autenticamente a un daddy? Come diventare suo compagno senza dissolversi? Come amare e farsi amare senza amore?

Donde anche l'eccelsa inconcludenza di molti cuccioli. Bramosi di saggiare il proprio potere e sicuri di averne da vendere, costringono il daddy a lunghe chattate, spronandolo a rispondere porchescamente ai loro ccuccioleschi quesiti: "E che cosa mi faresti?", "E mi sborreresti in bocca?", "E mi costringeresti a inginocchiarmi per succhiartelo?", "Dunque mi vorresti aprire in due?", "E che cosa ci trovi nei ventenni?" ecc. ecc. A un tratto eiaculano. Te lo aspettavi? No. Tu, rispondendo da bravo bambino, anzi da bravo papino, improvvisando teorie sullo stupore che il rapporto sessuale deve sempre e comunque dare specie tra due dello stesso sesso, figuriamoci tra due che hanno età diverse, non ti eri accorto di esser solo una marionetta – idolo sì, ma anche marionetta, come tutti gli idoli. Ottenuto il poco che stava cercando, quel cucciolo ti blocca. Cioè, sparisce senza un "crepa", via, chiuso, che non puoi più contattarlo per la minima replica, perché il suo profilo si è letteralmente dissolto. *Ghosting*, si chiama questo scherzetto, con vocabolo inglese. E tu capisci che hai perso solo del gran tempo, e anche qualche occasione, perché nel frattempo, preso com'eri a blandire quel certo cucciolo, non hai dato retta ad altri assai più inclini a scopare con te.

Una non trascurabile minoranza di cuccioli traccheggia per generica insoddisfazione, per *ennui*. Titillano il daddy con la promessa di piaceri totali, si offrono come carne da macello, inviandogli foto in cui si sollevano la chiappa per indurlo a infilare lo sguardo là dove presto potrebbe infilare il cazzo, e poi, quando lui cerca di quagliare, si ritraggono, protestano, frignano; e gridano di non essere puro culo, ricettacolo di una sborrata. Forse all'ultimo non trovano il coraggio. Sono arrivati fino al bordo del trampolino e più in là non riescono a spingersi. Va anche detto che, come ci sono quelli che ti sfruttano senza che tu lo sappia, così ci sono quelli che tu puoi divertirti a dirigere come vuoi. E non solo tra i cuccioli, come ho constatato chattando occasionalmente con persone più vecchie. Moltissimi sono gli aspiranti schiavi. "Essere usato" e "mettersi al servizio" sono espressioni ricorrenti su Grindr. Io ero bravissimo a impartire ordini a distanza. Non si contano quelli che ho portato all'orgasmo con l'abilità delle sole parole. Mi divertivo, lo ammetto. Però, avevo anche paura del potere che mi vedevo attribuire. L'essere umano è così incline al piacere dell'obbedienza! Per quali ragioni? Uno, attraverso un altro, dovrebbe cercare di esistere di più. Invece, c'è chi, attraverso la forza che riconosce all'altro, vuole sparire. Si odia tanto? E allora che amore può dare o ricevere? O ama la sua condizione al punto di accettare di travasarsi per intero nell'estraneo? Semplice pigrizia? Non capisco. Forse è così e basta, e questa bramosia di sudditanza è una di quelle cose prime e ultime che fanno della razza umana la razza umana. E i politici l'hanno capito assai prima degli psicologi.

Io, nonostante tutto, cercavo l'amore. O forse cercavo solo di dare a qualcuno l'amore che ancora sentivo. Per questo con Adrians andò come andò. Ma procediamo per ordine. Mi trovavo a Oxford ed era la prima volta che usavo Grindr all'estero. Mi contattò lui. Io non facevo mai il primo passo.

fuck me raw

Nessun cucciolo, per quanto arrendevole, mi si era ancora rivolto con così brutale disponibilità. Niente maiuscola e niente punteggiatura. Un invito puro e semplice, chiaro come acqua di fonte, alieno dalle razionalizzazioni ipocrite dell'ortografia, istintivo come le cose che vogliono nascere. Traduzione:

fottimi a crudo*

* Preferisco "fottimi" a "scopami", perché comincia con una "f" come *fuck;* in "crudo" tornano più o meno i suoni di *raw*. La somiglianza fonetica, d'altronde, non è casuale. I due aggettivi, infatti, sembra che siano collegati etimologicamente (il latino *crudus*, da cui deriva l'italiano "crudo", è pure imparentato con *cruor*, "sangue", e con il greco *kréas*, "carne"). Perdonate questa e qualche altra nota a piè di pagina. Non sto cercando di fare l'accademico. Prometto di non metterne molte altre – benché la nota a piè di pagina sia tutt'altro che estranea al genere narrativo. Qui, inoltre, l'inserimento di qualche nota è anche giustificato dallo spirito saggistico della narrazione, che resta pur sempre un'autobiografia.

La foto del profilo mostrava un gran figo. Anche quelle che mi arrivarono sulla chat. Era di gran lunga il cucciolo più bono che mi avesse mai cercato.

«Digli che sei libero!» mi incoraggiò Monica senza la minima esitazione.

Le foto creavano un curioso contrasto con le tre paroline dell'esordio. Cioè, erano curate e tutt'altro che elementari (finalmente uno che alla qualità delle immagini ci teneva!), pur andando anche loro dritto al cuore della questione. Il profilo diceva:

1. ventinove anni
2. 1.95 di altezza
3. passivo
4. in PREP.*

Monica:

«Del cazzo non dice niente?»

No, niente, ma lo si poteva immaginare proporzionato all'altezza. A me, comunque, del cazzo era sempre fregato poco; e lei lo sapeva. Il cazzo piaceva a lei. Certo, se uno ne aveva uno bello, lo notavo. Ma finiva lì. Né tanto meno avevo mai avuto la fascinazione delle dimensioni, manco da giovane. Un cazzo sovrabbondante è come una persona che urla nel mezzo di una conversazione, o un solecismo in una frase ben costruita. Facevano bene gli antichi greci a deriderlo. In questo caso, poi, la mancanza di foto diceva che il cazzo del figone, qualunque grossezza avesse, non doveva essere un comprimario e, di conseguenza, che al mio (urrà!) spettava il ruolo di protagonista.

* Cioè, come ormai moltissimi, assumeva, prima e dopo il rapporto sessuale, al fine di ridurre il rischio di contrarre il virus dell'HIV, i farmaci antiretrovirali, che sono gli stessi che si prescrivono alle persone che il virus già l'hanno contratto. Ottima terapia, che tuttavia non protegge da altri tipi di infezione. "PREP" sta per *pre-exposure prophylaxis*.

Ma consideriamo l'inglese. L'aggettivo *raw* ("crudo") vale come sinonimo del più diffuso *bareback*, usato anche fuori del mondo anglofono, spesso abbreviato in *bb*, che viene dal gergo dell'equitazione: "a pelo", "senza sella", letteralmente: "a dorso nudo". In buona sostanza il figone mi chiedeva di scopare senza preservativo. L'occasione era ghiotta. Sì, quel "fuck me raw" ringalluzziva. Urtava anche, però. Che persona poteva esprimersi in quel modo così secco e così letterale? Solo un troglodita.

«Piantala» rideva Monica. «Aveva ragione Alex a darti dello snob!»

E nella mia mente il figone fu per un giorno "il troglodita". Intendiamoci: io non sono contrario alle parolacce; anch'io le uso talvolta. Le parolacce, però, chiedono un contesto. Qui che contesto c'era? Certo, c'era Grindr, il Contesto per antonomasia. Be', a me non bastava. Io volevo un contesto nel Contesto, il mio contesto. Che ci voleva a salutare, per esempio? O a presentarsi? "Hi! My name is..." Domandare: "How are you?", anche se, ovvio, non te ne frega niente. La stessa cosa, tra l'altro, si sarebbe potuta chiedere dopo aver sondato un minimo il terreno. No? Oppure si sarebbe potuto premettere al "fuck" un "Would you like to..."?

Monica mi esortava a non sottilizzare. Lei sospettava fosse straniero. A ogni modo, quel comando, a parte la rozzezza del lessico e della grammatica, infastidiva, perché puzzava di generico, di frase fatta, di pornografia. Era perfino grottesco. Non era rivolto *a nessuno in particolare*, perché, appunto, era rivolto al maschio standard dei film hard. Ecco quello che mi indispettiva, l'implicita resa alla tipizzazione, e l'implicita pretesa che io non trovassi in ciò niente di strano: che rinunciassi a tutto di me senza scompormi, senza la minima resistenza. Per lo stesso motivo "fuck me raw" non era neppure rivolto *da nessuno in particolare*: era assoluto, spersonalizzato tanto quanto era spersonalizzante. Un nessuno comandava una scopata a un altro nessuno. Restava, appunto, solo la scopata: Grindr nella sua forma più pura e più trionfale; il precipitato chimico della sua ultima sostanza, l'estrema gocciolina di sperma di un'estrema spremitura.

Monica:

«Quindi...?»

Quindi... Doveva averne di immaginazione, il troglodita, se, appreso dal mio profilo che avevo cinquantacinque anni (in realtà stavo per compierne cinquantotto), che ero alto un metro e settantacinque centimetri e che ero appassionato di viaggi e di libri e di traduzione, e vista la foto di un fantasma di pettorale e qualche ciuffo di peli brizzolati, sullo sfondo di una generica piscina, era riuscito ad attribuirmi virtù da stallone.

La sua forma fisica nella mia memoria continua a corrispondere a quella che mi presentarono le prime foto. Lì è ancora uno sconosciuto, è ancora tutta potenza, o – come doveva rivelarsi – impossibilità. Mia impotenza. Non smetto di immaginarlo se non venturo. So che cosa mi state dicendo tra i denti: aspettavi la resurrezione di Alex. Avete ragione. Me ne rendevo conto?

Nella foto del profilo appariva non un bruto, non un tamarro, non un *troglodita,* ma un giovane uomo slanciato, girato di spalle, vestito con jeans, felpa e cappellino da baseball, che sta in fila alla cassa del supermercato (chissà chi aveva incaricato di scattargli la foto). Un fior di ragazzone. Le foto hot, che arrivarono sulla chat, erano pura esibizione carnale. Non erano tuttavia volgari o scontate. Niente buchetto, per esempio.

«Se non te lo fai, sei un cretino» mi ripeteva Monica, scorrendole con me.

In una si vedevano il petto e le spalle – stupendi, muscolosi, glabri –, qualcosa della faccia, che però rimaneva in gran parte in ombra, e i capelli corti e biondi. La barba, più bionda ancora dei capelli, non era evidente, oppure la foto risaliva a un periodo in cui non se l'era ancora fatta crescere. In effetti, doveva essere una foto di parecchi mesi prima, perché, come avrei presto scoperto dal vivo, adesso non corrispondeva perfettamente all'aspetto della persona, che era assai meno asciutto. Non era un selfie, ma l'istantanea di un'immagine riflessa, in bianco e nero. Che ricercatezza! Solo un caso? Difficile stabilirlo. Lo specchio in cui il corpo si duplicava, inoltre, era picchiettato di goccioline d'acqua, così che tutta la pelle appariva coperta da una sorta di rugiada. Una metafora? Al momento lo pensai. Ora lo escludo. Ora so che il figone e la metafora distavano miliardi di galassie. Lo vedrete. In un'altra foto sta a quattro zampe sul letto, nudo, nella posa di chi aspetta solo di prenderlo. Il culo, ben sollevato, rivolto all'obiettivo, si esibisce in tutta la sua magnificenza. Non avevo ancora visto due natiche tanto vigorose e massicce, né dal vero né in pittura. Il mio commento: "Daunting!".

«Ma che razza di parola hai scritto?» mi rimproverò Monica. «Digli di venire qui subito a farsi scopare e smettila di cacarti sotto!»

No, il figone era troppo per me. Per questo ero ricorso a quell'aggettivo così fuori registro, che, inglese quanto si voglia, veniva, attraverso l'antico francese, da un latino *domitare*, cioè "assoggettare" (giustissimo, per altro, vista la fine che mi aspettava). Cliccando due volte su ciascuna foto, apposi l'icona della fiamma che indica gradimento. In cuor mio, comunque, ci avevo già rinunciato. Lui non aggiunse altro.

Mi riscrisse dopo un paio d'ore: "now", che poteva valere tanto come affermazione quanto come interrogazione, data la mancanza di punteggiatura. In ciascun caso il significato non mutava. Risposi: "Busy". E lui: "tomorrow". E io, per chiudere: "Maybe".

Si rifà vivo il giorno seguente, nel tardo pomeriggio: "now". Non vuol mollare. I cuccioli sono così. Non mollano.

«Avanti, provaci!» insiste Monica. «Che cosa potrà mai succederti?»

E io:

«Troppo bono.»

E lei:

«Se non te lo fai, ti tolgo il saluto. Io mi chiudo nello studio. Anzi, torno in laboratorio. Vi lascio tutta la casa. Scópatelo in ogni stanza!»

Si rifà vivo mezz'ora più tardi: "address". Glielo do. Passano dieci minuti e mi scrive: "arriving". Monica esce. Dopo altri dieci minuti il troglodita scrive: "arrived". Perché non ha suonato il campanello? Ricordo ogni passo che mi condusse alla porta.

Ricordo lo scatto della maniglia e ricordo la luce del viso. Era molto più bello che in fotografia. Occhi, naso, bocca, ogni parte mi apparve non meno che meravigliosa. Forse le cosce erano troppo sviluppate; scoppiavano nei pantaloni lucidi della tuta da ginnastica.

«I've come straight from the gym» disse, come per scusarsi.

Sembrava gigantesco, fuori scala; massiccio dalla testa ai piedi. Mi sovrastava di venti centimetri. I muscoli si riconoscevano anche sotto la giacca a vento. Però, non incuteva soggezione. Non era *troppo* maschile. Aveva del fanciullo. Era un fanciullone; un bambolone. Sorrideva e aveva un'aria gentile, dolce, perfino caramellosa. Si scusò per il ritardo. Disse che aveva pedalato contro vento. Ancora ignoravo, ovviamente, che il tempo atmosferico costituiva il suo argomento preferito. Mi domandò se fosse sicuro lasciare la bicicletta attaccata al cancello. Gli dissi di parcheggiarla nel giardino. Non riuscivo a credere che volesse entrare.

«Come ti chiami?»

«Adrian.»

Aveva un accento straniero.

«E di dove sei?»

«Latvia... My real name is Adrians.»

Nel soggiorno notò subito una fotografia di Monica. Notò

anche altri oggetti, come gli animaletti di Lalique che Monica collezionava e i vasetti dei minuscoli cactus.

«Sei sposato» constatò.

Gli dissi che quella era la casa di un'amica e che mi trovavo lì in vacanza. La gatta venne a strofinarsi contro le sue gambone. Si tolse la giacca a vento e rimase in canottiera. Per poco non mi prese un colpo.

«Un momento» dissi.

Afferrai la gatta e andai a chiuderla nello studio. Tornai nel soggiorno, mi sedetti vicino a lui sul divano e gli versai una tazza di tè, che avevo preparato poco prima.

«La tua amica...?» si informò.

«Sarà fuori per un po'...»

Osservavo, oltre ai bicipiti e ai deltoidi, ogni movimento del volto, cercando i segni del disinteresse o della delusione o del dileggio, e invece non facevo che trovarvi sorrisi e lampi di luce turchese. Gli appoggiai la mano sulla spalla e non si ritrasse. Gliela accarezzai. Gli accarezzai anche il collo e, sapendo che non avrebbe bevuto neppure un sorso di tè, lo baciai sulla bocca. Non rispose con uguale trasporto. Anzi, appena mi staccai, si mostrò stupito, come se mi fossi preso una libertà impensabile. Il bacio, senza dubbio, non era previsto. Il bacio per quelli che ti vengono in casa per prenderlo nel culo non è sesso. È fuori luogo. Del "fuck me raw", insomma, non avevo colto tutta l'intransigente letteralità.

Ricominciai a baciarlo. Gli domandai se volesse andare in camera. Si alzò e mi seguì al piano di sopra. Si liberò in fretta dei pochi indumenti e si stese sul letto, lasciando uscire la lingua dalla bocca spalancata. Mi succhiò a dovere. Poi diede il culo, facendosi scopare in tutte le posizioni, abile a creare con fulminea prontezza per mezzo dei cuscini i sostegni e i rialzi che favorissero le mie operazioni. Quanto si dava da fare il daddy! Ogni pezzo di quell'incredibile, mastodontico corpo atletico invitava al sesso. Seguendo passo passo il movimento dei miei occhi, rinnovando di continuo la voglia, saltavo da una parte all'altra, assaggiavo e già inseguivo un nuovo obiettivo. Non avevo ancora provato con nessuno dei miei cuccioli un piacere così potente, mai posseduto carne così arrapante – simili capezzoli, simili ascelle, simili inguini, simili quadricipiti, simile culo –, e non ero mai stato così forte e così capace, a parte i primi anni con Alex. Ero orgoglioso di me, e l'orgoglio aggiungeva compiacimento al piacere, perché, nonostante l'età (superiore) e nonostante le misure (inferiori, tranne quelle del cazzo – altra non irrilevante fonte di gaudio per me), io non smettevo di elargire godimento a entrambi. I pettorali non mi stavano nelle mani; e le natiche formavano un tunnel così lungo che per entrare dovevo spalancargliele di forza e tenergliele allargate con tutta la tenacia possibile, e insinuarmici in mezzo, stando ben attento a non venir sbalzato indietro dal loro riaccostamento subitaneo. La schiena era sterminata e le braccia erano grandiose. Quando riuscivo a riportare la mia bocca sulla sua, tendendo il collo al massimo per tenergli ancora un buon pezzo di cazzo nel culo, la gioia mi travolgeva; era come ritrovare un'antica letizia.

Adrians non sorrideva più, non aveva più l'aria allegra che aveva quando era arrivato. Adesso la sua faccia esibiva un'espressione ansiosa, implorante, perfino atterrita, consapevole di chissà che consapevolezza. Le labbra si mantenevano dischiuse nell'ansito. Un canino sporgeva dal riparo del labbro superiore, il che dava al viso pur sempre dolcissimo un che di vampiresco. Quando, allineando il buchetto con precisione millimetrica, mi si abbatté sul cazzo con tutti i suoi centoquindici chili (dato raccolto in seguito, quaranta più dei miei), credetti che il mio bacino andasse in pezzi, e che il letto di Monica dovesse crollare sul pavimento. Costretto agli sfregamenti più vari e più insistenti, il cazzo cominciò a bruciarmi. Lo estrassi per indossare un preservativo, ma lui, rivoltandosi come un lottatore, lo fece volar via con una manata, e con fulminea retromarcia si agganciò nuovamente a me e, avvinto il mio addome al suo culo per mezzo dell'avambraccio destro, mi imprigionò, così che non potei far altro che eiacularg li dentro. Venne anche lui, senza neppure sfiorarsi, con la faccia schiacciata sul materasso, continuando a tenermi avvinto nella ganascia dell'avambraccio. Non persi i sensi solo per un impeto sovrannaturale della volontà, ma ero stremato. L'orgasmo, che avevo cercato di rimandare all'infinito, mi riempì l'anima di sgomento, come se mi fossi sporto su un precipizio. Ero sudato, sbuffante, incredulo. Innamorato.

«Fantastic daddy» disse Adrians.

Tornammo in soggiorno. Morivo dalla voglia di fotografarlo, perché poi non mi venisse il dubbio di aver tenuto tra le braccia un simile figone solo in un sogno. Gli avessi chiesto l'autorizzazione, molto probabilmente me l'avrebbe accordata. Però, non osai. Sedeva sul divano, tenendo le gambe allungate. Intorno ai fianchi si era avvolto un grande asciugamano candido. Per il resto era nudo. Sembrava a suo agio, come se fosse vestito, come se non si rendesse conto del privilegio che mi concedeva mostrandosi così. Ogni tanto l'asciugamano si apriva rivelando una coscia titanica. Parlava e sorrideva, e muoveva le braccia con eleganza. Era troppo grande per il divano e per la stanza, eppure occupava lo spazio in modo armonioso, senza urtare la teiera o il tavolino su cui era posata la teiera, o l'ingombrante paralume, o sollevare il bordo del tappeto, o buttare i cuscini sul pavimento. Aveva una voce da adolescente.

Gli domandai che impressione gli avessi fatto alla porta. Ero sinceramente curioso di sapere che cosa un tipo come lui avesse visto in un tipo come me. Ancora non credevo possibile che due corpi tanto diversi fossero capaci di unirsi. Rispose che gli ero piaciuto al primo istante. E sottolineò con un sorriso fiero che la cosa avveniva molto di rado. A volte, trovatosi l'altro davanti, scappava via. Oppure, se da lui era venuto l'altro, non lo lasciava entrare. Quelli della sua età neanche li prendeva in considerazione; bloccava subito la chat. Ormai a Oxford non gli restava più nessuno da contattare. Non gli pareva vero che fossi comparso io, *fresh meat*. Pronunciando quelle due paroline, sgranò gli occhi limpidi e innocenti, senza rendersi conto dell'involontaria presa in giro. Che era perfino doppia: non solo io non ero *fresh*, data l'età, ma non ero neppure soltanto *meat*. O forse sì? Così, con frasi del genere, perfette e imperfette, era destino che Adrians catturasse la mia mente.

Gli domandai perché gli piacessero gli uomini più grandi. Disse senza esitazione, con l'aria di comunicare un articolo di fede, che con gli uomini più grandi si poteva parlare. A Londra aveva convissuto con un coetaneo, un inglese, per un paio d'anni, ma non era stata una storia felice, perché quello non parlava di niente, non parlava mai; pensava solo ai party e alle droghe. La mamma a un certo punto gli aveva consigliato di lasciarlo e lui l'aveva ascoltata. Allora si era trasferito a Oxford. Aveva trovato lavoro in un negozio di candele profumate, in centro. Abitava con tre inglesi, che erano straight e non sapevano niente di lui. Riceveva gli uomini solo quando nessuno dei coinquilini era in casa. Il sabato andava a pranzo dalla sorella, che abitava poco fuori Oxford, verso Banbury, e giocava a pallone con il nipotino. I suoi si erano separati quando lui aveva cominciato il liceo. Il padre faceva il poliziotto.

«Very bad father» disse.

Alzava le mani su tutta la famiglia e andava a letto con altre donne.

«Anche il mio non è stato un granché» mormorai.

Continuò a parlare del suo, come se non mi avesse sentito. In effetti, il suo era peggiore, e lo era molto di più di quanto io potessi allora immaginare e lui potesse allora confessarmi.

Gli domandai se fosse altrettanto grosso. Disse di sì. Lui, però, era moro. Aveva sangue russo. Si era rifatto una famiglia nella stessa città – altra moglie, altri due figli. Non si vedevano da più di dieci anni. L'ultima volta che si erano incontrati, per puro caso, era stato in una pasticceria del centro. Avevano fatto finta di non conoscersi. La volta precedente, qualche anno prima, si erano dati appuntamento davanti al mare e avevano bevuto un caffè su una panchina, senza riuscire a scambiarsi una parola. La mamma era brava, invece. Era stata un'infermiera dell'esercito. Adesso lavorava in proprio. Quando non era occupata, andava a trovare la madre di ottantadue anni, che abitava da sola in mezzo alla campagna. Uomini non ne aveva più voluti. Ogni tanto veniva in Inghilterra e stava dalla figlia. Le piaceva insegnare il lèttone al nipotino. Aveva cinquantacinque anni.

«È più giovane di me» osservai.

Altro che *fresh meat*.

Disse che per lui gli anni non avevano alcuna importanza, che erano solo numeri; e che io, in ogni caso, i miei me li portavo bene. Ne dimostravo almeno dieci di meno. Era chiaro che mi ero sempre nutrito in modo sano. Sarei vissuto bene fino a cent'anni.

Non mi domandava nulla sul mio conto. Gli dissi che facevo il traduttore. Tirando fuori la cosa, ebbi la sensazione di parlare a sproposito, come se confessassi una vergogna. In effetti, un daddy che proclama il curriculum vitae è assurdo. Il daddy è daddy e basta. Il suo lavoro è scopare il cucciolo, e ascoltarlo con la santa pazienza se al cucciolo vien voglia di dare aria ai denti. Adrians rimase un momento in silenzio, guardando il vuoto, stupito come si era mostrato dopo il mio primo bacio.

Poi, come se avesse finalmente messo d'accordo due proposizioni inconciliabili, affermò:

«Why not?»

Nelle prime frasi di *My Lives* Edmund White racconta che verso i quattordici o quindici anni confessò alla madre di essere *homosexual*. Cominciava il sesto decennio del ventesimo secolo e una dichiarazione simile nella Middle America in cui Edmund cresceva non sarà stata per niente facile da fare. Gli omosessuali "non esistevano" e, quando se ne trovava uno, bisognava rimetterlo sulla via della normalità eterosessuale. Altrimenti intervenivano la derisione e il silenzio. Lo stesso Edmund credette giusto sottoporsi a numerose sedute di psicoanalisi per correggersi.

Il suo caso è davvero notevole, perché ci insegna che esistono ragazzini che hanno chiara assai presto la distinzione tra sesso biologico e orientamento sessuale. Lui, appena adolescente, sa già che il suo orientamento sessuale non coincide con il sesso biologico, quello che si identifica con la condizione cromosomica e con l'aspetto dell'apparato riproduttore. Lui, maschio, è attratto dai maschi, non dalle femmine, e non se lo nasconde, né vuole nasconderlo al mondo, tanto meno alla mamma. Proprio lei, guarda caso, gli ha insegnato la parola rivoltante, *homosexual*.

Alla stessa età, che per me cadde tra la fine degli anni Settanta e l'inizio degli anni Ottanta, io non avrei potuto dichiarare niente di simile.

Non che non conoscessi le mie inclinazioni. Quelle le conoscevo anche troppo bene, fin da quando ero piccolo. Erano l'anima della mia anima. Però, non sapevo quale relazione esistesse in me tra il sesso biologico e l'orientamento sessuale. Neanche immaginavo ce ne fosse una, e dunque non avevo niente da dire al riguardo. Io che vado da mia madre e le dico: "Mamma, sono omosessuale...": impensabile. Dirlo a mio padre, poi... No: non avevo né la capacità né la possibilità di riconoscermi in alcuna categoria.

"Omosessuale", a ogni modo, in casa nostra non si diceva. Mio padre, il solo che si preoccupasse di definire quegli uomini-non-uomini (per esempio, il parrucchiere della mamma), usava una terminologia assai meno raffinata ("culattone", "ricchione", "frocio", "pederasta", "invertito"), anche in traduzione dialettale, degradante e derisoria, nonché il classico arpeggio della falange dell'indice sull'elice dell'orecchio. Con simile terminologia o mimica io non ritenevo di aver nulla che vedere.

Una larvata idea di genere, invece, l'avevo. Mi sentivo più bambina che bambino, sebbene non avessi tratti esageratamente delicati, specie a paragone di certi miei compagni di scuola, esili e biondini, e tuttavia senza dubbio *maschi* e *bambini*. E questo mi spaventava. C'era sempre qualcuno che provava a offendermi o a sparlare di me. La stessa maestra nutriva forti sospetti sulla mia *normalità*. Se appena appena arrossivo, mi chiamava "donnicciuola". Una volta, durante la ricreazione, vedendomi in disparte in un angolo del giardino, mi venne vicino e mi sottopose a un vero e proprio interrogatorio: Perché ero sempre così triste? Perché avevo la lacrima tanto facile? Perché evitavo i maschi? Che cosa pensavo di me stesso? I miei litigavano molto? Che cosa provavo se una donna, abbassandosi, scopriva una parte del seno? Lì per lì provai riconoscenza, scambiando la perfidia per premura, la morbosità per soccorso. Alla prima occasione quella mi svergognò davanti a tutta la classe ridandomi della "donnicciuola". Incapace di cogliere la natura metaforica dell'insulto, che tra l'altro suonava molto gentile nella sua forma vezzeggiativa, pensavo che alla maestra, bravissima in tutto, fosse perfettamente noto anche il mio destino. Per cui cominciai a domandarmi con preoccupazione se il mio *pisellino* (detestabile vocabolo della mamma) sarebbe diventato grande come quello del papà, che avevo intravisto una sera, provando un ribrezzo sconvolgente, o se un giorno mi sarebbero venute le tette come alle donne.

La mia mente era popolata di principesse, di Barbie e di soubrette televisive. Il corpo maschile non mi attirava; anzi, mi respingeva, perché corrispondeva a quello di mio padre. Mi era difficile desiderarne uno simile per me. Nemmeno Ken, il marito di Barbie, mi sembrava attraente, o piacevole alla vista. Per lo meno la Mattel aveva avuto il buon gusto di negarglielo, il pisellino.

Scoprii il desiderio per i maschi solo intorno ai dieci anni. A Sanremo, dove passavo l'estate dai nonni, vidi un giovane gelataio e rimasi incantato. Non ricordavo d'aver mai visto prima un ragazzo così bello. Pensai a lui per molti mesi. Trovavo bello anche il figlio di alcuni nostri vicini, Christian, diciassettenne. Una volta la madre venne da noi a chiedere una cipolla. Lo trovai così bello che dovetti andare a chiudermi in camera mia. Intanto la mamma lo tratteneva con mille complimenti. Quando lo incrociavo sulle scale, avvampavo. Per la vergogna neanche rispondevo al suo saluto. Per fortuna il padre fu trasferito in un'altra città e tutta la famiglia lo seguì; e così Christian smise di turbarmi con le sue apparizioni.

Per quanto evidente, perfino prepotente, il mio desiderio non era ancora in grado di elaborare fantasie, né tanto meno di trasformarsi nella volontà di un rapporto sessuale. Anche dopo aver visto nudo un ragazzo di sedici anni all'ospedale, dove ero stato ricoverato per l'appendicite sul finire della prima media (per mostrarmi il suo taglio, aveva abbassato il pigiama fin sotto la coscia, lasciando pendere di lato un cazzo assai più sviluppato del mio), provai più fastidio che attrazione. E gli uomini nudi che comparivano nei giornaletti porno di mio padre mi facevano schifo. No, per me il desiderio non si esprimeva ancora in eccitazione fisica. Era, piuttosto, una sorta di invidia. Volevo essere come quei ragazzi; anzi, volevo *diventare loro*, avere la loro vitalità, la loro forza, i loro anni; avere il corpo che avevano loro. Un corpo, io, non sentivo di averlo. Nel sognato possesso dell'altro (se *possesso* è la parola giusta, dato che, quando ne avevo vicino uno, mi chiudevo in un'altra stanza o facevo finta di niente perfino tra me e me, e neanche sapevo che cosa esattamente potessero combinare insieme due corpi maschili) io ambivo a correggere tutta la mia imperfezione, assumendo la forma che più pienamente mi corrispondesse proprio con il cessare di essere me stesso; con il lasciarmi rimpiazzare.

Che razza di risposta era quel "why not"? Non mi domandò neppure che cosa o da quale lingua traducessi. Però, cambiando discorso (ma solo in apparenza), mi domandò che cosa pensassi del libro di Prince Harry, che in quel momento stava vendendo milioni di copie in tutto il mondo. Dissi che non l'avevo letto. Sorpreso dalla mia risposta, ma incitato dal vantaggio che gli davo, cominciò a tirar fuori le magagne della famiglia reale. Sarebbe stato scortese dirgli che di quelle persone non mi importava un accidente.

«Dunque, a te è piaciuto» tagliai corto.

«Che cosa?»

«Il libro del principe!»

Diventò serissimo. Assunse perfino un'aria disapprovante.

«Il libro del principe...? Io non l'ho letto.»

Anziché lasciar cadere lì il discorso, come avrei dovuto, rilanciai:

«E non vuoi leggerlo?»

Passò a un'espressione divertita.

«Assolutamente no!»

Gli proposi un caffè.

«Expresso» disse.

«Espresso» lo corressi.

Ripeté, con un buon accento:

«Espresso.»

Be', almeno imparava in fretta. Forse gli mancava solo un buon maestro per... Oddio, meglio che non infili questa strada o chissà dove andiamo a sbattere. Già sento i boooh di tutti i cuccioli del mondo... I maestri? Vogliamo scherzare? Chi ha bisogno di maestri? Di daddy sì, certo. Di maestri no. I daddy, tanto, mica servono a insegnare qualcosa.

Che altro successe in quel primo incontro...? Ah, sì... Mi domandò in quale città dell'Italia si bevesse l'*espresso* migliore. Dissi Napoli.

«Naples» ripeté con un sorriso estatico.

Sognava di andarci da tanto tempo, ma rimandava sempre perché sapeva che lì faceva troppo caldo e lui il caldo non lo sopportava. Non sopportava neanche il freddo inglese, se è per questo, perché era umido. A lui piaceva il freddo della Lettonia, perché era secco. Adorava bagnarsi nel Baltico gelido. A Liepāja, la sua città, c'era una spiaggia stupenda... Conoscevo Liepāja? No, sorry. Non avevo mai messo piede in Lettonia. Che chiacchiere futili! Che girare a vuoto... Non sarebbe stato meglio tornare a letto?

Pensavo che, se non fosse stato per quella tanto denigrata app, uno così io non l'avrei mai trovato. Mi fossi anche imbattuto in Adrians da qualche parte, magari nel negozio di candele profumate dove lavorava (ammesso che io fossi – e non lo sono – un consumatore di candele profumate), mi sarei tenuto ben lontano. E, mi avesse anche dato segno di essere disponibile, avrei pensato che si prendesse gioco di me. Insomma, dovevo tutto a Grindr. Grindr me l'aveva consegnato a domicilio. Dio benedica Grindr! Un po' come Dio, Grindr elimina tutte le distanze, non tiene conto delle differenze, neppure delle più evidenti, fisiche, anagrafiche, linguistiche, culturali, e fa agire le somiglianze profonde, quelle che nessuno potrebbe indicare o anche solo immaginare, e che nel sesso trovano la loro ultima (intendete l'aggettivo nel senso dell'inglese *ultimate*) espressione. La mia vita era tramontata. Un'altra vita stava spuntando. Ero un daddy. Ero libero.

Lo trascinai di nuovo a letto.

«E la tua amica?» domandò Adrians.

«Anche se torna, non ci disturberà» lo rassicurai.

Continuò a parlarmi di niente, disteso al mio fianco. Lo desideravo ancora, nonostante il cazzo mi bruciasse, ma per paura di passare per un patetico satiro mi limitavo ad accarezzargli il braccio e la spalla. Nei suoi modi e nella sua faccia non restava ombra di quello che era successo tra noi poco prima. Mi piaceva stargli vicino anche così.

Dissi:

«Sembriamo una vecchia coppia.»

Sorrise. Forse non aveva capito. Forse avevo detto uno sproposito. Neanch'io sapevo che cosa volesse dire esattamente quella frase. Forse che avevamo in due ore coperto decenni? Che eravamo intimi? Che eravamo già finiti? O, meglio ancora: che lui era il mio bravo bambino e io ero il suo bravo papà? Questo posso pensarlo solo ora. Allora la frase mi uscì come una battuta qualunque, se esistono le battute qualunque. Dissi che ero stato per oltre trent'anni con un uomo.

«Vi siete lasciati?» mi domandò.

«È morto.»

«I'm sorry.»

Notò un libro, appoggiato sul tavolino, che aveva il nome di Achille nel titolo. Disse che la mitologia greca era molto interessante, perché anche gli dèi erano gay. Ricominciava a esibire il tono saccente che aveva assunto parlandomi del libro non letto di Prince Harry. Disse anche che in Lettonia non esisteva ancora il matrimonio gay, perché era un Paese omofobo. Gli domandai se in casa sapessero della sua omosessualità. Annuì. Guardò l'orologio e si alzò di scatto.

«Devo preparare i bagagli» disse.

Partiva per Barcellona l'indomani. Aveva trovato un biglietto a venti sterline, andata e ritorno. Sarebbe stato via una settimana.

Gli dissi che io sarei rientrato a Milano quattro giorni dopo. Non ci saremmo più visti.

«A Oxford non tornerai?» mi domandò sulla porta.

Dissi che prima o poi sarei tornato a trovare la mia amica. Mi guardò poco convinto.

«Beautiful daddy.»

Mi lasciò il numero del cellulare. Si chinò verso di me e mi baciò le labbra con la punta delle labbra, a occhi chiusi.

Monica volle sapere ogni dettaglio.

«Chi devi ringraziare?» disse, porgendomi la guancia.

«Impicciona.»

«Ingrato!»

Salii a cambiare le lenzuola.

Verso mezzanotte mandai un WhatsApp ad Adrians. Gli dissi che ero nel mio letto con un libro, ma che mi era difficile concentrarmi, perché la mia mente continuava a correre a quello che avevamo fatto. Temendo di apparire sdolcinato, aggiunsi subito: "Have a nice trip!". Lui rispose con l'emoji delle mani giunte. Chissà quanti se ne sarebbe fatti a Barcellona, pensai.

Non mi dovevo aspettare niente da lui. Né speravo che ci sarebbe stata una storia tra noi. Era già una benedizione che un figone del genere avesse accettato di scopare con me una volta. Lo invidiavo. Pensavo che avesse una libertà che io non avevo né mai avrei avuto. Non dico la libertà di incontrare tutti gli uomini che gli piacesse. Grindr mi aveva insegnato che la mia età non costituiva un ostacolo. Si trattava non di sesso, ma di un modo di essere. Credevo che per Adrians la vita fosse più facile da vivere; che per lui i problemi non esistessero; che niente lo turbasse o preoccupasse. Why not? Quei due monosillabi, con i quali mi aveva praticamente detto che non gli fregava un cazzo del mio lavoro, qualunque cosa fosse, esprimevano una totale indifferenza o, se vogliamo, una perfetta accettazione del dato di fatto. Nessuna contestazione, nessuna sorpresa. Tutto è come è. E perché non dovrebbe esserlo? Il mondo è sé stesso, nient'altro. Una tautologia. Il mondo non lo cambi, non lo definisci, non lo capisci. Non c'è bisogno di saperne nulla. Basta che eviti il caldo di Napoli. Basta che nuoti nel mare freddo. Basta che prendi e parti per Barcellona nel mese di gennaio con un biglietto supereconomico. Basta che ti fai fottere a crudo da uno sconosciuto che ha trent'anni più di te. Basta che parli a vanvera di libri che non hai manco aperto. Basta che metti su muscoli in palestra. E tu sei sempre te stesso nell'immodificabile mondo, immodificabile pure tu. Chi era Adrians se non Adrians? Perché voler sempre vedere dietro alla gente qualcos'altro? Chi siamo se non quello che siamo?

Da Barcellona mandò subito un selfie e il messaggio: "in barcelona sunny". Gli occhi avevano un'aria stanca; la bocca non sorrideva. Alle sue spalle si riconoscevano un pezzo di chiesa e una fila di palme. Niente di che. Mi fece un po' pena. Ma com'era bello! Che collo lungo e forte! Che occhi grandi e azzurri! Che baffetto delizioso! Che labbra piene e definite! Dibattei tra me e me per un po' e alla fine mi risolsi a invitarlo a Milano. Subito mi pentii. Rispose: "mmm i love the idea". Quanto adorai quelle tre "m"! E quel "love"! Bastarono così pochi segni a fissare la mia mente sulla chimera di un secondo incontro. Bisognava organizzare il viaggio al più presto, prima che gli passasse la voglia. Un cucciolo è un cucciolo – guai dimenticarlo. Gli dissi che il biglietto aereo lo avrei pagato io. Se gli andava, saremmo anche potuti scendere a Napoli per alcuni giorni. In risposta mandò la foto di un grosso orsacchiotto di peluche, piazzato davanti a un certo Café Bar Mango, che reggeva tra le zampe un donut rosa. Il buco del donut stava esattamente sull'inguine del pupazzo. Dissi che era funny, anche se non lo credevo, e aggiunsi: "Getting an espresso?". E lui: "yes". "Ne berrai uno buono anche a Milano" aggiunsi. Rispose con un emoji della faccina sorridente: 😊. Si rifiutava di cogliere le mie allusioni, o semplicemente non le coglieva. Avrei dovuto parlare in modo diretto. Mi tenevo, invece, sul vago. La vaghezza, se non mi rendeva abbastanza assertivo, mi lasciava intravedere premi assai più preziosi che non la realtà pratica. Stavo regredendo. Stavo assomigliando sempre più al ragazzo infelice che ero stato fino alla comparsa di Alex. Di tutto quello che avevo imparato da lui non mi restava niente.

I selfie, intanto, arrivavano, anche più volte al giorno. In ognuno, stupidamente, riconoscevo un mio trionfo. Sempre la stessa immagine: la sua faccia seria, distratta, contro lo sfondo del mare o l'interno di un fast food o di un negozio di articoli sportivi. Pensai di mandargli anch'io un'immagine di me. Mi fotografai cento volte, ma venivo sempre male. Beato lui che, in qualunque posto e con qualunque espressione, veniva sempre bene! Fotografai il letto di Monica, su cui avevamo scopato, e gli inviai la foto. Non rispose. Con Adrians nessuna *madeleine* sembrava funzionare. Gli oggetti non si riempivano di tempo perduto; si consumavano e basta. Lui rinunciava a costruire una memoria che fosse sia mia sia sua. Forse non ne era capace. Forse non voleva. Di molte cose era evidente che cercava proprio di dimenticarsi. Appena erano avvenute, lui le riduceva in cenere e ci soffiava sopra.

Di certo a me pensava meno di quanto io pensassi a lui, benché fosse stato lui a tener viva la comunicazione dopo esser partito per Barcellona. E, se anche mi pensava un pochino, risparmiava il più possibile le sue energie mentali, o meglio: impediva che diventassero sentimento ed emozione e si fissassero sulla mia persona. Lui diffidava del nuovo. Diffidava, pertanto, anche di me. Non interpretava, non osservava. Viveva in un presente-passato fisso. La sua mente respingeva con metodo il formarsi di nuovi ricordi e teneva vivi solo quelli dell'infanzia e dell'adolescenza. Il suo mondo affettivo coincideva ancora con i vecchi legami familiari. Lui riusciva a voler bene unicamente alla mamma, alla nonna, alla sorella e al nipotino. E a sé stesso. A sé stesso prima che a chiunque altro. Il pensiero dei familiari serviva solo a trattenerlo al di qua del crollo psichico. Il precipizio gli era sempre accanto, ma lui, grazie a quell'iperbolico risparmio di energie, poteva far finta di niente; poteva evitare di saltarci dentro, negandosi senza rimpianti la possibilità di volare. Anche le sue risposte tendevano a ripetersi, "nice weather", "everything ok", cuoricini (❤❤❤), faccine che ridono (😂😂😂), pollici alzati (👍👍👍).

Io cercavo di dare il buon esempio con frasi di senso compiuto, che in un modo o nell'altro tenessero viva o ricreassero l'intesa, se ce n'era mai stata una, continuando a citare frammenti del nostro incontro. "Non vedo l'ora di riaverti tra le braccia"; "Mandami una foto dei tuoi pettorali"; "Vorrei averti qui". Avevo paura che mi dimenticasse. E questa paura, per quanto irrazionale sembrasse, nasceva dall'intuizione di qualcosa di vero, che lì per lì non si mostrava ancora in tutta la sua evidenza. Ci univa un incontro di un paio d'ore e io dal ricordo di quel poco cercavo di ricavare un'ombra di relazione, e la promessa di altri incontri. Eppure, sapevo che i cuccioli sono fatti per frustrare il daddy. Altro che se lo sapevo! Era tutto quello che sapevo, ormai. Solo una volta, mentre si imbarcava per l'Inghilterra, mi scrisse: "cant wait to see you again". Nemmeno una frase come questa bastò a rassicurarmi. Chissà come ogni messaggio che mi scriveva aveva l'aria di essere l'ultimo. Io, ricevutolo, anziché goderne, già aspettavo il prossimo.

Finita la vacanza barcellonese, mi scrisse uno dei messaggi più lunghi che mi abbia mai scritto. Ve lo traduco, aggiungendo la punteggiatura:*

* Ezra Pound diceva che il traduttore non deve assolutamente ripetere gli errori dell'originale.

> A Barcellona non ho incontrato nessuno. Ero andato lì per divertirmi [traduzione letterale di *to have fun*: che nel gergo gay significa "scopare"], ma poi non ne ho avuto più voglia. Avevo in mente solo te. Io voglio stare solo con te. Sei l'uomo per me; ma probabilmente io non lo sono per te. Con te ho sentito un legame straordinario.

Che succedeva? Un daddy stava facendo breccia nel cuore di un cucciolo? Possibile?

Tutti nasciamo in un mondo di regole, esplicite e implicite, trasmesse occultamente e proclamate a chiare lettere. Ci vengono, quali che siano, anzitutto dalla famiglia, dalla madre e dal padre, e da altre figure esigenti, che si prendono cura della nostra educazione e si aspettano che siamo fatti in un certo modo o diventiamo un certo tipo di persona. Dettano regole la scuola, gli amici, la società, la cultura corrente, i media... La fisionomia sessuale di ciascuno si forma e si esprime in un continuo confronto con queste, ovvero con varie forme di autorità e di potere: con tutto un concerto di pratiche repressive, omologanti e modellizzanti. Nessuno ne ha una senza averla contrattata, neppure un maschio che si dichiari uomo ed eterosessuale. Non parliamo delle donne.

Io sono sempre stato un irregolare. Vedevo le regole, anzi le Regole, ma non riuscivo a crederle giuste per me. Le Regole coincidevano con la visione del papà – anzi, di mio padre. Un papà, infatti, io non credo di averlo mai avuto. Quando dicevo "papà", mi sentivo falso. Un giorno sarebbe morto il padre, non il papà. E io non avrei pianto.

Maschio per sesso, uomo per genere, eterosessuale per orientamento, mio padre era addirittura la Regola incarnata. E la mamma ne era l'araldo, oltre che la garante. Da lei, che lo adorava, appresi che aveva avuto parecchie donne prima di sposarsi, anche una o due fidanzate da giovanissimo, quando era ancora al paese, dove era nato il 20 agosto 1930. La sua sessualità fiorì all'estero, in Francia. Là le donne erano molto più libere e quindi molto più disponibili che in Italia. Finché era rimasto al paese, lui si era sentito brutto, piccolo, poco interessante. Aveva sviluppato un vero e proprio complesso di inferiorità, anche a causa di un leggero strabismo, che più tardi avrebbe mascherato sotto un paio di lenti affumicate, tipo quelle di Pier Paolo Pasolini. La madre, per di più, non gli aveva voluto bene. Forse c'entrava il fatto che suo marito, cioè il padre di mio padre, fosse stato pessimo. Un certo aneddoto, che mia madre mi ha raccontato non so più quante volte, dà un'idea del tipo. Finita la cena, durante l'inverno, il nonno e la nonna erano soliti ammazzare il tempo davanti al camino con i numerosi parenti, vecchi e giovani, che abitavano nella stessa casa. Una sera lui le chiese di ritirarsi prima dell'ora. Lei si rifiutò per paura di passare da sfacciata. Lui se ne andò da solo e, quando lei, dopo un po', contenta di aver salvato la rispettabilità, lo raggiunse, le fece una scenata e finì per buttarla giù dal letto con una pedata.

Rimasta vedova a ventun anni (lui ne aveva ventitré appena compiuti quando morì per un'improvvisa malattia di cui mai si seppe il nome), la nonna andò a servizio a Mantova, a casa dei signori Marangoni. Mio padre, che allora aveva solo due anni, rimase in campagna, affidato agli zii, che, a sentir lui, lo tirarono su a ceffoni e a male parole. La madre andava a trovarlo l'ultima domenica del mese, in bicicletta. La vedeva ripartire sempre troppo presto; e la seguiva per un bel tratto sulla strada che portava alla città, nel polverone, chiamando a perdifiato, «Màma, màma». Del padre non conservava alcun ricordo. Parecchi anni dopo la nonna ebbe un altro figlio, Cesare, a Mantova. Gli diede il suo cognome, perché il signor Marangoni, che era il padre di quel secondogenito, come tutti sapevano, compresa la moglie, non lo volle riconoscere. Crebbe, tuttavia, nella sua casa, tra vezzi e comodità. Resta di lui un'unica fotografia, dove sembra un trentenne, mentre è appena un adolescente: accovacciato, vestito da festa, con la sigaretta in bocca e un occhio semichiuso per via del fumo. Bellissimo. Morì a sedici anni in seguito a una caduta. Pare che, perso quel figlio, mia nonna sia stata sul punto di impazzire.

Poco dopo mio padre si trasferì a Nizza. Non so perché proprio lì. Ci sarà stato l'invito o il consiglio di qualche compaesano. Adesso sceglieva lui di starsene lontano, quando, forse, alla madre la sua vicinanza sarebbe stata di qualche consolazione. O forse no. Forse la madre gli rinfacciava di essere lui, il figlio non amato, a sopravvivere. Ricordo che, quando si incontravano, si salutavano con una stretta di mano, come estranei. Neanche con me lei fu mai affettuosa. La mamma racconta che non sarebbe neppure andata al loro matrimonio se non le avessero pagato il biglietto del treno.

Secondo lei lui ci sapeva fare con le donne proprio perché la madre l'aveva abbandonato. Si metteva elegante, aveva modi gentili, ti invitava a cena e poi ti portava a ballare. La mamma ci cascò proprio perché anche con lei aveva dimostrato una certa galanteria. Purtroppo, dopo averla sverginata (con la scusa di verificare che fosse vergine, come lei, poveretta, si ostinava ad affermare), non si comportò bene. E si comportò anche peggio dopo averla messa incinta. Provò a convincerla ad abortire; trovò perfino una vecchia che l'avrebbe aiutata, ma lei non volle saperne. Lei di quell'uomo era innamorata, e lo sarebbe rimasta fino alla fine, perdonandogli tutto.

I selfie arrivavano anche da Oxford, ogni giorno, fino a quattro al giorno. Gli orari non erano fissi. In genere Adrians mi inviava il primo intorno alle dieci della mattina, quando entrava in negozio. La faccia era assonnata, ma pur sempre meravigliosa. Me ne inviava altri durante la pausa pranzo e dopo la palestra sul finire della giornata. Amava fotografarsi sudato e sconvolto. Mandava anche particolari come i polpacci o i quadricipiti, che non smettevano di crescere.

Quei selfie dicevano che lui era la routine incarnata. I messaggi, sempre stringati, spesso vaghi, talvolta del tutto oscuri, davano ragguagli sul tempo atmosferico, sia quello inglese sia quello lèttone; sulle sue condizioni fisiche; sul suo bisogno di riposo. Mi chiedeva anche come stessi, ma alle mie risposte non dava seguito. Cominciarono ad arrivare anche brevi filmati: un acquazzone, la nebbia mattutina, un gattino che attraversava la strada; lui in palestra che sollevava quintali o scivolava con il busto lungo il pavimento tenendosi alle maniglie di una rotella. Una sera arrivò anche la foto di una magnifica stellata.

La sua scrittura, comunque, non era priva di virtù. Avara, omissiva, scorretta, produceva ampie onde d'ambiguità, come il più raffinato dei testi poetici. Di metafora nessuna traccia, come vi ho già informati, ma della metafora vi si trovava la forza sconcertante. Quante volte, letto un suo messaggio, mi sono domandato che cosa significasse. Qui ha forse saltato un punto di domanda? Ed è per ritegno o per pudore o per mancanza d'abitudine che non dice quel che tanto vorrei che mi dicesse? O proprio non lo vuole dire? E il "legame straordinario" di cui mi aveva parlato nell'ultimo messaggio di Barcellona che fine aveva fatto? Io, convinto che fosse sul punto di innamorarsi, davo per certo che presto mi avrebbe aperto il suo cuore. Invece, ogni giorno, ogni volta che scriveva, ripartiva da zero, come se non mi fossi conquistato un briciolo della sua fiducia. Anche le rare dichiarazioni affettuose di cui mi degnava non esprimevano nulla di sicuro, nulla di saldo cui nei momenti di massima frustrazione io potessi attaccarmi. Qualunque cosa dicesse era incompleta, inutile, come se non l'avesse detta o come se l'avesse detta al posto di un'altra inimmaginabile.

Della sua mente tutto mi sfuggiva. Mi pensava? Come? Che cos'ero per lui? Se teneva a me, perché non dimostrarmelo con parole inequivocabili? Perché non gratificarmi? Riteneva di non esserne capace? Lo intimidivo? Perché? Perché costringermi a rivoltarmi nel gorgo di un'infinita esegesi? Perché non si sforzava di capirmi anche solo per un attimo?

Un pomeriggio passai per caso davanti alla Stazione Centrale. Ci entrai a fotografare il tabellone delle partenze. Il nome di Napoli vi compariva due volte. Gli mandai la foto. Nessun commento. Quasi ogni mattina gli chiedevo: "Quando verrai a Milano?". E lui: "any time". Delle date che gli proponevo non gliene andava mai bene nessuna. A un certo punto tirò fuori che Milano era troppo fredda. Messo alle strette, confessò che per un po' non poteva allontanarsi dal negozio. "Allora vengo io" decisi. "Non c'è bisogno. Vengo io a Milano." "E quando?"

Già, quando? Probabilmente mai.

Nei suoi messaggi cominciò a comparire qualche parola in italiano: "santo dio", "madonna", "ma dài"... Lo divertivano quelle piccole espressioni comuni, che aveva imparato da una collega mezza italiana, quando lavorava a Londra. Lui era un grande estimatore dei cliché, verbali e no. Mi inviò un video americano che mostrava i gesti più tipici degli italiani. Me ne mandò anche uno che mostrava il modo di camminare standard di uomini di varie nazionalità. Forse credeva che queste scemenze mi interessassero o mi divertissero.

Aiutandomi con Google, gli scrissi una frase in lèttone. Disse che non era giusta. Gli chiesi di correggermela. Non lo fece. Capii che su richiesta lui non agiva. Acquistai due romanzi lèttoni in traduzione italiana e glielo dissi. Cercai addirittura i titoli originali e così li citai. Non un pollice alzato, non un cuoricino.

Arrivò il suo primo messaggio vocale. Diceva che stava tornando a casa dalla palestra, che si era allenato più del solito, che si cucinava qualcosa e andava subito a dormire. A questo messaggio seguì un video, dove lo si vedeva camminare su una strada poco illuminata, soffiando una nuvoletta dalla bocca. Mi annoiava con le notizie sul tempo o le piccole cronache della giornata e, tuttavia, all'improvviso, riusciva a entusiasmarmi con trovate adorabili, come, appunto, il filmato del suo respiro che vola nel freddo della notte inglese. Pochi giorni dopo mi inviò il link di una canzone intitolata *Woke Up in Love*. Finalmente! Non lo diceva in modo diretto, ma lo diceva (la grande poetessa americana insegna, d'altronde, che bisogna dirla *slant*, la verità). O perché mandarmi una canzone intitolata così? Gli scrissi che mi era piaciuta, sebbene non valesse molto. E lui: "really". Non aveva voglia di ripeterlo. Se non ci credevo, fatti miei.

Cominciai a mandargli anch'io messaggi vocali. Gli dicevo che non vedevo l'ora di essere di nuovo con lui. Lo pregavo di prendersi cura di sé. Gli parlavo del mio lavoro, di Milano... Niente sembrava catturare la sua attenzione. Gli mandavo anche foto dei monumenti, sperando di invogliarlo a venire. Le giornate, tra l'altro, erano bellissime. Si limitava a domandare "how are you", "cold in milan", "tired". Non usava mai il mio nome. Mai! Mi chiamava "amore", in italiano. Usava il vocabolo con piglio scherzoso, lo capivo, ma io mi ostinavo a credere che lui riuscisse a esser serio solo scherzando, e dunque prendevo quell'appellativo per un'espressione di autentico affetto. Io, che gli parlassi a voce o per iscritto, iniziavo sempre con le parole: "Hello Adrians!".

Finché arrivò la sua prima telefonata. Non respiravo dalla felicità. A esser sincero, mi rendeva più felice la constatazione che quel figone sconosciuto si stesse affezionando a me – un vedovo che aveva ancora gli occhi rossi dal pianto – che non il piacere di sentirlo al telefono. Che cosa avevamo, in fondo, da dirci? La chiacchierata, in realtà, durò a lungo. Ricordo, però, solo che mi disse che voleva andare in Giappone e che gli piacevano le vestaglie giapponesi. Come si chiamavano...?

«Yukata» dissi.

Dissi anche che ne avevo comprate diverse a Tokyo.

«Really! Sei stato in Giappone!»

Sì, c'ero stato con Alex, uno dei viaggi più belli della nostra storia.

La sua voce era morbida e dolce, come se non avesse mai imparato a gridare. Era appena uscito dalla palestra.

«Non diventare troppo grande, o come faccio a prenderti tutto?» scherzai.

«Un pezzo alla volta» rispose gelido.

Qualche sera dopo mi scrisse che era giù di morale, perché un suo carissimo cugino, cacciando per i boschi della Lettonia, si era preso il Lyme Disease. Questa volta chiamai io. Nei giorni seguenti si prese un brutto raffreddore. Lo chiamai di nuovo e gli suggerii modi rapidi ed efficaci con cui curarsi.

Una delle ultime sere di gennaio mi disse alla fine di un vocale, in cui mi informava che era appena uscito dalla palestra e che c'era freddo, "I love you". Dovetti ascoltare il messaggio tre volte di seguito per convincermi che avesse rinunciato alla poetica dello *slant*. Qui, se fossimo in un film, farei partire una musica importante, che so, il terzo movimento della Terza sinfonia di Brahms. Così mi sentivo, per quelle tre paroline: intenerito, limpido, vagamente allarmato... Ne avevamo fatta di strada dal "fuck me raw"! Avrebbe finito per chiedermi di vivere con me a Milano? O mi sarei trasferito io a Oxford? Monica che cosa avrebbe pensato? E come avremmo vissuto insieme? Dove? La musica cambia di colpo: parte l'ultimo dei 12 Etudes di Chopin. Dovevo lasciarlo, prima che fosse troppo tardi. Quando? Quest'estate, durante le vacanze? E dove saremmo andati? A Napoli, finalmente? In Grecia? In America? O in un Paese fresco del Nord Europa? Mi avrebbe portato in Lettonia a conoscere la mamma e la nonna? E come l'avrei lasciato? Con quali ragioni? Come gli avrei risparmiato tutta la sofferenza di un rifiuto? Non era meglio se mi tiravo indietro fin da ora?

La Regola era dittatoriale: il figlio doveva essere eterosessuale a qualunque costo. Assai presto, infatti, si scolpì nel pensiero del padre la certezza che il figlio non lo fosse. Non potendo la comandata eterosessualità dare ancora prova di sé nella pratica, il padre imponeva che apparisse nel gioco del calcio, che una visione tradizionale considerava una prova certa di *normalità* – uno dei tanti pregiudizi che portano ad assurde rappresentazioni dei gay, poiché si danno sia il frequente caso di gay che giocano al calcio o lo seguono nei media e vanno perfino allo stadio sia il frequente caso di etero che se ne tengono lontani.

Il calcio rappresenta il fallimento più grande della mia vita. Non solo non mi interessavano le partite del campionato – cosa che già dava abbastanza angoscia a mio padre, il quale era arrivato a piazzare un grosso televisore a colori nella mia camera e lì a guardare la domenica sera le trasmissioni sullo sport, obbligandomi a sedere accanto a lui e a dimenticare per almeno un'ora e mezza i libri –, ma non ero neppure capace di colpire correttamente un pallone con il piede. Ancora mi perseguita il ricordo delle partite cui il terrore dell'ira paterna mi costringeva a partecipare. Segnai un'unica volta e fu un'autorete. Mi tirai addosso l'odio della mia squadra, ma il mio cuore, dopo un attimo di smarrimento, esultò. Mi vuoi calciatore, *papà*? Mi forzi a essere quello che non so né desidero né potrei mai essere? Ecco i risultati: un fiasco sociale. A voler correggere uno che non ha niente di sbagliato ci rimettono tutti. La verità va comunque dove deve andare. La palla che non entrava nella rete giusta, quella dell'avversario, era la mia omosessualità. Pur non dicendolo a me stesso in termini tanto chiari, ne ero ben consapevole. Quale metafora non è maledettamente vera? A ogni modo, non occorreva un'autorete perché io e gli altri fossimo coscienti della mia *irregolarità*.

Tutti ci accorgevamo che non ero mai al mio posto. E io volevo sparire. Veramente. Prima di addormentarmi chiedevo a Dio di trasformarmi in una farfalla; di darmi dimensioni e ali che mi nascondessero agli occhi del mondo. Cercavo il più possibile la solitudine. Odiavo il suono stesso del mio nome. Quando mi arrendevo alla necessità della compagnia, preferivo quella delle bambine. I loro giochi mi interessavano molto di più di quelli dei maschi. Con loro si recitava, si usavano le bambole, si disegnava. Ero bravo a confezionare vestitini per le Barbie, con qualunque pezzo di stoffa – fazzoletti, veli di bomboniere, vecchi scampoli che recuperavo da un cestino della mamma. Com'ero grato quando le mie amiche me le lasciavano tenere in mano! Io morivo dal desiderio di possederne una, ma come dirlo? Le urla del papà avrebbero buttato giù il palazzo. Anche il lavoro sartoriale dovevo svolgerlo nella massima segretezza. Mi attraeva l'immagine della donna bella e regale, e le bambole delle mie amiche, uscite dalle mie mani, erano tutte sovrane divine. Ne disegnavo anche, di donne così meravigliose, inventate e no. Ispirandomi alle foto di qualche rotocalco, ritraevo le celebrità della televisione. Ero un precoce, inconsapevole cultore del *camp*. Qualcuno ricorderà il saggio *Notes on "Camp"* di Susan Sontag, che risale al 1964. Come la stessa Sontag dichiara, già Christopher Isherwood aveva fornito una descrizione del *camp* nel romanzo *The World in the Evening*, pubblicato dieci anni prima (che, quando abitavo in America, tradussi con l'aiuto di Alex, la mia prima traduzione di un intero romanzo). Secondo Isherwood, che prende a paradigmi il balletto e il barocco, l'attributo più importante del *camp* è la serietà – il *camp* alto, quello autentico, che va distinto dalla variante bassa dei circoli *queer*, dove basta che uno si butti intorno al collo un boa di struzzo scimmiottando Marlene Dietrich. Neanch'io, comunque, caro Isherwood, scherzavo, sebbene fossi solo un bambino e vivessi in un palazzo della media borghesia nel quartiere di San Siro, all'ombra dello stadio. Mi sentivo ricco e raffinato, padrone di case grandiose, che assomigliavano alle magioni dei film hollywoodiani, o anche alle ville delle vie limitrofe, davanti alle quali sfilavo a bocca aperta negli sconfortanti pomeriggi domenicali, durante la partita, facendomi strada tra le infinite automobili parcheggiate sui marciapiedi, e collezionavo oggettini da poco cui attribuivo un valore inestimabile: boccette vuote di profumo, immaginette di sante, bloc-notes di microscopiche dimensioni, bic secche, biglie, una piuma di fagiano, figurine della Walt Disney, una valva di tellina, etichette adesive con il logo di marche famose d'automobile, cartoline illustrate di città straniere (me le spediva Samanta, una hostess dell'Alitalia che abitava sopra di noi), una stella alpina, un ciottolo bianco, un portafoglio di cuoio mezzo scucito, una clessidra, una rosa del deserto, una scatolina di gioielliere color madreperla, rivestita all'interno di un vellutino blu, che doveva aver contenuto uno dei brillanti della mamma, un portachiavi con la catenella rotta, un moschettone... Tenevo tutte queste piccole cose in un cassetto speciale della mia stanza, dove ogni tanto mio padre andava a frugare alla ricerca di chissà quali prove. In effetti, ciascuna di quelle cose era una prova, ma lui, benché disgustato da tante cianfrusaglie, non ci trovava quella definitiva. Quando uscivo di casa, ne avevo sempre una con me, facendo molta attenzione a non mostrarla. Portavo in giro il mio segreto, il mio amuleto, che mi proteggeva e mi identificava; la parte indistruttibile di me.

Avevo anche un gioco tutto mio, che non rivelavo a nessuno. Il mio braccio destro era una figura di donna, una principessa perseguitata, che rappresentava me, e mettevo in scena drammi in cui lei doveva fare di tutto per non soccombere ai persecutori. Finiva puntualmente uccisa, pugnalata alla schiena; e il suo strazio era per me il più squisito dei trionfi: quello dell'innocenza. Quando giocavo alla principessa perseguitata, stringevo in mano una vestaglia di raso della mamma. In alternativa usavo la mantellina di velo, punteggiata di pallide viole, che lei si allargava sulle spalle quando si spazzolava i capelli, o certi foulard indiani, leggeri, piacevolissimi al tatto. Il raso o il velo arricciato, esplodendo dal mio pugno come un bouquet di grossi petali, rappresentavano la chioma della principessa. Adoravo i capelli lunghi. Pettinavo quelli delle mie amiche; o li acconciavo in trecce. Non avrei mai smesso di passarmeli tra le dita. Guai, ovviamente, se mio padre mi sorprendeva con le mani in una chioma femminile! Apriti cielo. Il cielo si apriva già anche troppo spesso. Come quella volta che mi spruzzai addosso lo Chanel della mamma. Era un sabato e il papà non era di turno al bar. La mamma era andata alla Rinascente con una vicina. Lui, avendo annusato l'odore nell'aria, come l'orco delle fiabe, diede in escandescenze e mi chiuse in camera mia. Dalla finestra guardavo le mie amiche. Loro mi facevano cenno di raggiungerle in cortile, ma io non rispondevo. E mio padre diventava sempre più simile a un nemico, sempre più distante. Proprio non capivo che cosa avessi combinato di così grave. Dovevo, comunque, aver commesso uno sproposito se neppure la mamma, rientrata piena di acquisti al termine del pomeriggio, riuscì ad annullare il castigo. Capii, se non altro, che qualunque cosa io facessi poteva essermi rimproverata, e che non avrei avuto dalla mia parte nessun avvocato sufficientemente forte.

Mi facevo due o tre cuccioli alla settimana, a Milano o altrove, se ero in viaggio per lavoro. I miei preferiti erano più verso i trenta che verso i venticinque, perché Adrians aveva all'incirca quell'età. Lo avevo trasformato in un prototipo, e quindi lo cercavo in tutti gli uomini che incontravo. In quel modo non solo mi illudevo che chiunque altro valesse per lui, ma pretendevo addirittura di credere che lui o un altro fosse più o meno lo stesso. Di scopatori favolosi, in effetti, e di ragazzi bellissimi c'era grande abbondanza. La sola differenza tra lui e gli altri stava nel fatto che lui non mi lasciava perdere; che mi scriveva ogni giorno, più volte al giorno. Era un cucciolo strano, in effetti.

Facciamo un piccolo riepilogo. Gli scopatori (lo so, sto generalizzando in modo sfacciato, perché parlo partendo dalla mia limitata esperienza, che tra l'altro è tanto più limitata dal ruolo speciale di daddy che la sorte mi aveva assegnato) si distinguono in tre categorie:

1. coloro che, scopando, amano più sé stessi che l'altro;
2. coloro che, scopando, amano la scopata, senza considerare sé e l'altro entità separate;
3. coloro che, scopando, amano più l'altro che sé stessi e si aspettano reciprocità, perché per loro il sesso è amore.

Coloro che, scopando, amano più l'altro che sé stessi e non si aspettano reciprocità, e, quando l'altro viene, si fermano, perché a loro non importa niente di venire, non vale la pena di metterli in una categoria vera e propria.

Ovviamente tra le tre categorie non esistono fossati invalicabili. Si passa dall'una all'altra come dalle onde del mare alla spiaggia, mettendo i piedi in zone d'umido variamente profonde e variamente acquitrinose. Le distinzioni, però, esistono e sono evidenti. Alla categoria 1 appartiene a pieno titolo la stragrande maggioranza dei cuccioli. Alla terza appartengono i daddy o, più generalmente, i maturi, che scopino con cuccioli o con coetanei. Quanto alla seconda, difficile che uno ami solo la scopata in sé. Gente così, comunque, esiste. Il sottoscritto, per esempio. Già con Alex. Chi è nella categoria 2 è disposto a fare sesso ogni giorno. Chi è nella categoria 3, invece, non è granché voglioso, per quanto disponibile e passionale si riveli durante la scopata. Adrians va messo senz'altro nella categoria 1. Si piaceva molto seduto sul mio cazzo... La categoria 2 è senz'altro da escludere per lui, o la nostra relazione sessuale sarebbe durata più a lungo. E anche la 3.

In realtà, se proprio devo scegliere una sola categoria in cui collocare me stesso, propendo per la 3: io, infatti, voglio amare il corpo dell'altro; cioè, voglio dargli amore, convinto che l'altra persona rappresenti... Stavo per dire *me*. Be', sì, voglio dargli quello che vorrei mi fosse stato dato quando ero ragazzo. O meglio: quello che da bambino e da ragazzo tanto avrei voluto che mi fosse dato. Io, scopando, sono il papà che avrei voluto. Un papà, in effetti, alla fine mi era toccato. Alex. Lui era stato un papà stupendo. E non certo in virtù dell'anagrafe (per altro, aveva tre anni meno di me). Lui mi aveva amato e protetto. Mi aveva aiutato. Questo fa un papà. Ecco perché adesso mi mancava tanto. Ecco perché adesso ricominciavo a detestare mio padre come da piccolo, anche se ormai era morto da molto tempo.

Verso la seconda o la terza elementare caddi sotto l'influenza di una bambina di un paio d'anni più grande di me, figlia di gente dell'ottavo piano, il cui cognome era Mann. Abitarono nel nostro palazzo per meno di un anno, ma lei non l'ho mai dimenticata. Si chiamava Mirella e aveva l'aria di una ragazza fatta e finita. Era alta e massiccia, e aveva maniere imperiose. Tutti le obbedivano, maschi e femmine. Mi scelse perché le piacevano i miei disegni. Io, a quei tempi, disegnavo continuamente, e le mie figure – ritratti di principesse e di soubrette, come ho già ricordato, ma anche giardini, case, fiori ecc. – giravano per il palazzo e per la scuola. Se lei mi cercava, smettevo di fare quel che stavo facendo, perfino i compiti di scuola, e la seguivo. Dietro sue indicazioni rappresentai su carta per la prima volta una donna nuda. Creai anche, eseguendo passo passo i suoi ordini, un fumetto horror semipornografico, dove donne nude superpoppute venivano braccate e accoltellate da scheletri, tra festoni di ragnatele.

Mio padre odiava quella bambina. Quando mi sorprendeva in sua compagnia, mi costringeva ad allontanarmi e poi sbraitava contro di me per ore. Per cui, quando la famiglia si trasferì, io provai più sollievo che dispiacere. No, neanche per un momento mio padre pensò che io fossi attratto sessualmente da lei. Neanche per un momento fu tanto ingenuo da credere che anch'io avessi interesse per le femmine. A lui non la davo a bere! Ai suoi occhi, accompagnandomi a Mirella, non apparivo improvvisamente eterosessuale, bensì diventavo bambina a mia volta. Capiva (vedeva!) che la preferivo a lui. Lui non mi piaceva. Di qualche momento di felicità, non posso negarlo, mi fece dono, quando, piccolissimo, avevo ancora la libertà di stargli addosso. Lo abbracciavo, mi schiacciavo su di lui, sentivo il suo odore, che conteneva una buona dose di profumo genitale, ben distinguibile, benché per me ancora misterioso. Infatti, dopo aver pisciato, non si lavava mai le mani. Però, quella felicità non durava. Quasi subito lui perdeva la pazienza e mi respingeva. Non sapeva giocare con me. I nostri giochi finivano sempre in dramma. Una volta lui era seduto in poltrona e io gli stavo a cavalcioni sulla pancia. Con entrambe le mani mi sforzavo di spingere indietro le sue, che teneva tese in avanti. Per l'eccessiva pressione la mia destra scivolò via e andò a colpirlo in piena faccia. Mi accusò addirittura di avergli spaccato il naso. Mi buttò giù con uno spintone e si chiuse in bagno a bestemmiare. Col tempo imparai a tenermi alla larga, e il suo corpo diventò cosa intoccabile, cosa repellente. E il profumo genitale passò a puzza, a colpa; e la persona di mio padre fu un grosso cazzo nauseabondo.

È probabile che gli mancassi, come lui mancava a me. Eravamo orfani l'uno dell'altro. Ci sono fotografie molto antiche in cui mi tiene in braccio con aria compiaciuta e mi sorride. Avremmo trascorso la vita a tenere a bada la nostalgia che l'uno aveva per l'altro; a reprimerla così efficacemente da renderla gelo.

A nessuno venga il sospetto che l'omofobia di mio padre fosse una forma di omosessualità repressa, come quella del padre militare in *American Beauty*. Nient'affatto. Lui era eterosessuale nel grado più alto e più puro.

Filippo fu il miglior amante di quel declinante inverno. Anni dichiarati, trenta. Lui va incluso senza dubbio nella categoria 3. Inutile sottolineare che la scopata migliore se la fanno due che rientrano a pari merito in quella categoria. Mi tenne sulla corda per almeno un paio di settimane. Arrivai a credere che mi stesse prendendo in giro. Ero ormai deciso a bloccarlo quando, un sabato, mi convocò a casa sua da un'ora all'altra. Cominciava febbraio e a Milano era già primavera; e Adrians non si decideva a concordare con me la data del secondo incontro.

Filippo non mi aveva inviato foto hot. Niente buchetto, niente cazzo. Quello non l'ho visto neppure durante la scopata. Un'immagine del culo, comunque, l'aveva mandata: due glutei torniti e levigati. E alcuni primi piani: le gambe, ben modellate e lunghe; il petto, poco sviluppato, ma sodo e liscio, che spuntava da una camicia Ralph Lauren semisbottonata; il pube, che si affacciava implume da un boxer rigato; il viso, sulla cui fronte cascava una pergola di riccioletti aristocratici. Aveva, a giudicare da quella poca documentazione, il fisico di un efebo, nonostante l'età, glabro e allungato. E, in effetti, così era di persona. Nelle foto inviate, però, appariva un po' più giovane.

Abitava in un bilocale spoglio, quasi monastico, in una casa di ringhiera, verso piazza Risorgimento. Lo stile della persona era quello raffinato che appariva nelle foto, ma l'appartamento presentava un aspetto severo, perfino misero, che con lui aveva poco o nulla che fare, almeno in apparenza. La camera da letto, dove mi portò subito, non aveva neppure l'armadio. I vestiti pendevano da uno di quei portabiti provvisori, che si trovano nei guardaroba dei teatri o all'ingresso di qualche sala di ricevimento. Non scambiammo una parola. Quando entrai, era già nudo. Mi spogliai subito. Ci baciammo, distesi e abbracciati, come se ci ritrovassimo dopo un lungo periodo di separazione.

Ho già detto che il cazzo non glielo vidi. Forse lo aveva piccolissimo e per la vergogna trovava i gesti che più abilmente lo nascondessero. È vero, d'altra parte, che non tutti i cuccioli amano il proprio cazzo. Comunque stessero le cose, a lui non importava altro che succhiarmi, farsi leccare, farsi scopare. Aveva un buchetto perfetto, elastico, ideale per forma e dimensioni; uno di quei rari culi in cui sembrano confluire tutte le linee del corpo, come nel punto di fuga di un quadro rinascimentale tutte le linee della scena. Un Piero della Francesca. Un Paolo Uccello.

Non appena gli fui dentro, disse:

«Io e te ci dobbiamo rivedere.»

Simpatico.

E adulatore:

«A tutti gli altri mica gli tira. Ma dove sono finiti gli uomini veri?»

Parlava con uno strano accento, che a volte suonava toscano, a volte romagnolo. Infatti, come mi spiegò durante la scopata, la madre era aretina e il padre forlivese. Mi disse anche, continuando a cavalcarmi, che il padre era un disastro.

Il suo fascino stava anche nell'ironia, che molto di rado trovavo nei cuccioli; in un certo suo modo di dar voce al cinismo e alla disillusione, come farebbe una persona di grande esperienza che ammettesse pur sempre la possibilità di sorprendersi. Mi supplicava di non venire, e io non venivo, e intanto la stanza diventava sempre più scura per lo scendere della sera. Nella foga gli spezzai una catenina d'oro che portava al collo. Si fermò per studiare il danno. Sembrava molto dispiaciuto. Per un momento temetti che mi buttasse fuori.

«Te la ricompro» mi affrettai a dire.

E lui, non troppo contrariato:

«Si aggiusta.»

Richiuse gli occhi e lasciò che lo ripenetrassi. Adesso lo scopavo da davanti. Gli piaceva guardarmi. Mi domandò se avessi un ragazzo. Dissi di sì. La cosa lo eccitò ulteriormente. Mi chiese di venirgli dentro. Venni e continuai a scoparlo finché non venne anche lui.

Conclusa l'ottima scopata (rottura di catenina a parte), mi affrettai a rivestirmi. Avevo paura che, se mi fossi attardato, l'atmosfera si sarebbe guastata. Mi ero comportato da daddy impeccabile. Mentre mi avvicinavo alla porta d'ingresso, mi domandò che lavoro facessi. Glielo dissi. Saltò fuori che aveva letto parecchi romanzi che avevo tradotto.

«È un lavoro bellissimo, quello del traduttore» osservò.

Si copriva il cazzo con la mano. Era riuscito a nascondermelo anche durante l'eiaculazione, non so più con che manovre.

«Io leggo molto» aggiunse.

Libri in giro, per la verità, non se ne vedevano. Con una rapida occhiata si capiva che l'appartamento era costituito dalla camera da letto, dalla cucina e dal corridoio. In cucina non entrai. I libri, forse, si trovavano tutti lì.

«E tu che fai, a parte leggere?» gli domandai per gentilezza.

«Io...? Butto via la mia vita...»

Aveva voglia di parlare. Avrei dovuto invitarlo fuori per un bicchiere, ma non lo feci. Forse sbagliai. Un vero daddy ti dà retta, ti permette di aprire il tuo cuore... Io, invece, pensavo solo a lasciare di me un'immagine perfetta. Con tutti avrei fatto così. Con Adrians facevo così, anche se a lui concedevo di dire tutte le cretinate del mondo.

Ci scambiammo i numeri di telefono e ci promettemmo di rivederci presto. Mi scrisse su WhatsApp qualche giorno dopo. Disse che avevo un supercazzo. E io gli risposi che aveva un superculo. Ci saremmo scritti spesso nei mesi successivi, esagerando l'uno i pregi dell'altro, fantasticando sulla prospettiva di lunghe notti di sesso, in cui l'avrei montato fino a dieci volte, dietro le colonne di un tempio greco o all'ombra di un palmeto egizio o in un lussuoso hotel di Aleppo; lamentando ciascuno la scadente qualità degli amanti dei quali intanto ci toccava accontentarci. Tuttavia, non arrivavamo mai a fissare un nuovo appuntamento. Io proponevo date e orari, ma a lui non andavano mai bene. O era stanco o era preso a cena o rientrava a casa troppo tardi... Oppure si tirava indietro all'ultimo. A questo punto era lui quello che temeva di distruggere la perfezione della menzogna. Non me la prendevo. Alla fine, di Filippo non mi ero innamorato. Però, mi sarebbe piaciuto tenerlo come amante regolare, che mi distraesse dal pensiero di Adrians. La nostra divertente corrispondenza, comunque, bastava. Nel giro di un paio di mesi anche quella venne meno e nessuna convocazione improvvisa interruppe il silenzio. No, non dovevo essere, alla fine, così eccezionale come lui mi aveva indotto a credermi durante la scopata e nei primi messaggi. Oppure, semplicemente, lui non aveva un Adrians da dimenticare.

In quinta elementare m'innamorai di Romina, una mia compagna di classe. Per lei provai un interesse molto diverso da quello che avevo provato per Mirella. La scelsi per non essere da meno di due miei amici, Camillo e Remigio, figli di gente del terzo piano, che erano alle medie, giocavano benissimo a calcio e avevano la ragazza, benché fossero bruttini.

Romina era bionda, con lunghi capelli lisci e luminosi, ed era più alta di me. Non la trovavo per niente simpatica. Faceva la saccente, raccontava barzellette noiose e riportava i dispettucci della sorellina o si vantava del fratello, un ragazzo atletico e lentigginoso, molto somigliante ai giovani di certi telefilm americani, che frequentava il primo anno di liceo scientifico e suonava la chitarra. Abitava nella zona dei palazzi signorili, a pochi minuti a piedi dal nostro.

Andavo da lei quasi tutti i giorni. La portinaia annunciava la mia visita al citofono e lei scendeva con tutto comodo. Diceva che non aveva tempo di stare con me e ritornava di sopra senza aggiungere altro. A volte andavo a cercarla ai giardinetti pubblici. Le piaceva giocare a calcio, o almeno così voleva far credere. Suppongo che cercasse di eguagliare anche in questo il fratello, che non era solo bravo a scuola, ma sapeva anche tirare calci a un pallone. Io restavo a guardarla dal margine del prato. Ce la metteva tutta per non darla vinta ai maschi. Correva come un bisonte, alzando pezzi di terra e ciuffi d'erba, e in tanta esagitazione diventava rossa rossa in faccia e sul collo. Quando perdeva la palla o non la prendeva (che capitava spesso), si disperava. Proprio non capivo perché si ostinasse a dedicarsi a quella fatica, che chiaramente non le dava molta soddisfazione e che aveva tutto il diritto di risparmiarsi senza rischiare di incorrere nei furori del padre.

In squadra c'era anche un'altra bambina, Luciana, grassottella e vigorosa. Lei giocava abbastanza bene. La ammiravo. Era fisicamente più forte dei maschi e ascoltava musica da grandi, come le canzoni di David Bowie, e adorava il cinema horror, e sosteneva che nello *Squalo*, il film di Spielberg, la ragazza dell'inizio si fosse fatta divorare "perché le puzzava la figa". Benché non corrisposta, gridava ai quattro venti di essere innamorata di Roberto, che era un po' un tipo come me: diligente, mite, portato alla compagnia delle femmine. Anche loro erano nella mia classe. Un giorno Luciana mi prese da parte nel cortile della scuola e mi chiese di entrare in un suo piano.

A metà giugno, prima che le vacanze ci disperdessero, attirammo i nostri fidanzati nella chiesa di piazza Esquilino con la scusa di cercare un po' di fresco.

Romina e Roberto si muovevano guardinghi:

«In chiesa si entra per sentire la messa o si commette peccato» continuavano a protestare a bassa voce.

C'eravamo solo noi. Luciana li spintonò verso l'altare. Io camminavo dietro a loro, tenendomi pronto a bloccarli nel caso cercassero di fuggire. Luciana, ferma su un gradino, fischiettò il ritornello di *Heroes* come marcia nuziale e, guardando me e Romina negli occhi, mentre io spingevo via Roberto, pronunciò la formula:

«Vi dichiaro marito e moglie.»

Insomma, un'imboscata tipo quella che Renzo tese a don Abbondio. A noi, però, riuscì. Romina avvampò di rabbia e subito girò i tacchi, senza una parola. Le corsi dietro, continuando a ripetere che era solo un gioco. Non so più come la convinsi a restare. Adesso occorreva che lei facesse da testimone per l'altro matrimonio. Occupai in fretta la postazione del prete e così anche Luciana e Roberto, che in tutto questo non aveva battuto ciglio, diventarono marito e moglie.

Non molto tempo prima di morire, mia madre, uscendo dalla stessa chiesa, si imbatté in una vecchia signora. Questa, nonostante fossero passati almeno vent'anni, la riconobbe e le disse di essere stata la mia maestra (la stessa che mi chiamava "donnicciuola"). Conservava un ricordo chiaro di me, disse. Le spiaceva che ci fossimo persi. Come stavo? Che vita mi ero dato? Mia madre le raccontò che avevo studiato in America e adesso traducevo romanzi dall'inglese. Non mi ero sposato? Figli? No, non mi ero sposato. Niente figli. Di Alex, purtroppo, non ebbe il coraggio di parlare. La maestra le diede notizie di altri con i quali era rimasta in contatto. Nominò, naturalmente, anche Luciana, Romina e Roberto. Le due vivevano insieme in California. Avevano perfino messo al mondo due coppie di gemelli, una a testa, e li tiravano su senza far distinzioni tra quelli che erano dell'una e quelli che erano dell'altra. Roba dell'altro mondo, no? Ma i padri dov'erano? Roberto, che aveva sempre avuto la testa sulle spalle, faceva il parroco in Brianza.

Dopo la fregatura del matrimonio Romina non volle più incontrarmi. Andai a cercarla ancora qualche volta, ma invano. Non scendeva neppure per dirmi che non aveva tempo per me.

L'ultima volta mandò al suo posto la sorellina.

«Scemo» mi gridò quella dall'interno dell'ascensore. «Il vostro matrimonio non è valido!»

Tirò fuori la lingua, sbatté le porte di metallo e risalì all'ultimo piano.

Poco dopo tutta la famiglia partì per le vacanze. Passato Ferragosto, andai tutti i giorni a cercare Romina. Non ne potevo più dell'estate, che avevo trascorso a Milano, perché mio padre non aveva voluto chiudere il bar e non mi aveva permesso di andare neanche a trovare i nonni a Sanremo con la mamma né ad andare via con altri, nonostante avessi ricevuto parecchi inviti dai genitori delle mie amiche. La portinaia mi ripeteva che Romina non era tornata, guardandomi con due occhi pietosi, ai quali cercavo invano di nascondere la mia delusione. Venendo via, alzavo lo sguardo verso le finestre per assicurarmi che non mi avesse mentito. Avrei potuto farlo prima di abbassarmi a interrogarla, ma preferivo prolungare la speranza il più possibile.

Rividi Romina solo il primo giorno di scuola media, davanti ai tabelloni delle classi appena formate. Ci scambiammo un rapido saluto. Cercai il suo nome e il mio, sicuro che sarebbero apparsi l'uno sotto l'altro. Mai avevo pensato che saremmo potuti finire in classi diverse. La mia mente non era in grado di ammettere una simile catastrofica eventualità. E invece io ero stato iscritto alla F, sezione di francese, lei alla B, sezione di inglese.

La scuola era già iniziata da un paio di settimane quando, durante la lezione di geografia, una segretaria, inviata dalla buona sorte, venne ad annunciare che in quella classe eravamo in troppi.

«Qualcuno è disposto a spostarsi in un'altra sezione?» domandò la professoressa.

L'occasione era così inattesa che in un primo momento non la riconobbi.

«Qualcuno è disposto a spostarsi in un'altra sezione?» ripeté la professoressa.

Riemergendo a velocità stellari dall'inferno della disperazione, agitai la mano.

«Bene» concluse la professoressa.

La salvatrice prese nota del mio nome.

«Da questo momento appartieni alla prima A.»

Non era, ovviamente, quello che io desideravo. Mi feci coraggio e chiesi:

«Mi potrebbe spostare, per favore, nella sezione B?»

«Lì fanno inglese» obiettò quella.

«Non importa» dissi.

Pazienza se la mamma mi aveva già comprato la grammatica e il dizionario di francese; e se ci teneva tanto che io imparassi il francese per bene così che potessimo parlarlo tra noi.

Raccolsi le mie cose e uscii nel corridoio deserto. Ancora ricordo il tragitto che mi portò fino alla porta della classe I B. Mi sentivo come uno schiavo fuggitivo. Che cosa avrei fatto di tanta inattesa libertà?

Bussai.

«Avanti!»

Non osando avanzare di un passo, mi presentai dalla soglia. La professoressa mi diede il benvenuto e indicò un banco vuoto, nel centro dell'aula. Romina sedeva nella colonna laterale, quasi in fondo. Alta com'era, sovrastava tutti. Con la coda dell'occhio, mentre mi sistemavo, notai che era diventata rossa come quando rincorreva il pallone ai giardinetti. Mi fu immediatamente chiaro che non avrei mai ottenuto il suo cuore.

Presto cominciai a detestarla anch'io e a trovare un po' di felicità proprio in questo. Quando era in difficoltà, gongolavo. Una volta rimase muta alla lavagna per dieci minuti, incapace di capire un'espressione molto facile, per la quale lei stessa si era fatta avanti. La professoressa alla fine la lasciò risolvere a me. A Romina dimostrai così che non ero da sottovalutare. Però neppure questo servì. Chiesi consiglio a Camillo, uno dei miei due amici bruttini. Mi disse di andare dietro a un'altra.

C'era la bassetta, irrequieta e divertente, che per di più era una grande amica di Romina. Ogni volta che mi capitava di incrociare il suo sguardo, Monica (sì, proprio lei, la Monica di Oxford) mi sorrideva, mettendo in mostra due incisivi da roditore, e talvolta si stringeva la ciccia del ginocchio in una piega orizzontale, che creava due labbroni. Io mi mostravo divertito, senza cogliere minimamente il rimando sessuale, di cui mi accorsi solo anni dopo. Diventammo amici. Mi invitò a casa sua e mi presentò il suo criceto, Giacomo. Disse che *si masturbava*. Usò proprio questa parola, che io non conoscevo:

«Giacomo se lo prende tra le zampette e se lo apre, come una rosellina.»

Anch'io mi masturbavo ormai, ma lo tenni per me. Quel verbo, d'altronde, non mi rappresentava. Non ho mai amato i tecnicismi. Quando li trovo in un brano da tradurre, cerco di aggirarli. La letteratura non li ama. Neanche *farsi le seghe* allora avrebbe descritto correttamente le mie pratiche sessuali. Io non mi facevo le seghe neppure in senso letterale. Mi strofinavo contro il lenzuolo, senza toccarmi con un dito, fino a venire. Davanti alla gabbia del criceto masturbatore, diedi un bacio alla mia nuova amica. Tirai fuori solo un pezzetto di lingua. Non avevo ancora baciato nessuno a quel modo. Diventammo una coppia. E, come aveva previsto Camillo, Romina si ingelosì. Ruppe con Monica e cominciò a trattare me con meno astio. Ma di lei a me ormai non importava più niente.

Si era già al dieci di febbraio. Era trascorso più di un mese dal nostro incontro. All'inizio di marzo, come era fissato da lungo tempo, sarei partito per Cuba con Monica e sarei stato via per quasi tre settimane. Non c'era altro tempo da perdere. Dovevo rivederlo al più presto. Non mi toglievo dalla mente le immagini della nostra prima scopata, di lui seduto sul divano mezzo nudo, del bacio che mi diede prima di infilare la porta... Tutto ricordavo, tutto volevo ricordare. Lui no, ci giurerei. Né avrebbe mosso un dito per rivedermi. Lui non aspettava niente e nessuno, né si aspettava niente da nessuno. All'idolatra basta sapere di esistere per l'idolo. Non voglio, comunque, ridurre Adrians a uno dei tanti, per quanto Monica continuasse a ripetermi che questo era. Lui, alla fine, rappresentava un cucciolo strano, se non altro perché non si decideva a dileguarsi. Povero! Era rimasto incastrato tra due opposte fantasie, Grindr e la vita. A ogni modo, se ancora c'era, non c'era del tutto.

Fretta – questo è poco ma sicuro – non ne aveva. Anche ai miei messaggi rispondeva con lentezza. Qualunque obbligo, pur solo quello di tenere una corrispondenza regolare su WhatsApp, non gli andava a genio, perché disturbava la sua routine: colazione mattutina, lavoro al negozio, pranzo al Westgate Centre, palestra la sera, cena nella cucina di casa, sonno. La routine veniva prima di qualunque altra cosa; eliminava qualunque altro bisogno o schema. Gli scrissi: "Presto voglio venire a trovarti". La sua risposta arrivò la mattina seguente: "ok". "Hai voglia di rivedermi?" Ore dopo: "yes". "Vengo per te. Se non mi vuoi, dimmelo." Ore dopo: "i want". "Compro il biglietto?" Il giorno dopo: "yes". "Sicuro?" Un'ora dopo: "yes". "Ti va bene se arrivo il 14 febbraio?" Lì per lì non mi accorsi che il 14 febbraio era San Valentino. Io alla festa di San Valentino non avevo mai dato importanza. Neppure Alex, nonostante fosse americano. Il giorno dopo: "yes". Per fortuna non si pronunciò sul San Valentino. Comprai il biglietto e prenotai una stanza doppia, per cinque notti, al Randolph, dove mi sarei sentito più libero che a casa di Monica. Non mi aspettavo, ovviamente, che sarebbe rimasto con me ogni notte. Lo speravo, ovviamente, ma escludevo che potesse succedere. Mettevo pure in conto che non si sarebbe fatto vedere per niente. Sapevo che i suoi *yes* non significavano per forza *sì*. Sapevo che non dava importanza ai miei messaggi. O non li leggeva con sufficiente attenzione o li dimenticava subito. Per principio, o anche per naturale inclinazione, lui negava il suo assenso. In un modo tutto suo, che non prendeva la forma della protesta o del rifiuto esplicito, recalcitrava, si sottraeva, esitava.

Viaggiai con il cuore in gola, tenendolo informato via via dei miei spostamenti. Ancora non riuscivo a credere che presto l'avrei rivisto. Non è un modo di dire: non ci credevo proprio. Non era possibile, come non era possibile che io rivedessi mai più in alcun punto dell'universo Alex... E che cosa avrei fatto da solo per cinque giorni in quel pomposo albergo, dove prima d'ora ero entrato qualche volta con Monica per il *cream tea* delle quattro? Mi sarei ridotto a bussare alla porta della mia amica di sempre? Con che faccia? O me ne sarei ripartito in silenzio, da bravo daddy fallito? Mentre aspettavo di imbarcarmi, Adrians mi inviò un bel cuore palpitante, accompagnato dalla scritta dorata "Happy Valentine's Day".

Tutt'a un tratto il cuore si trasformò in un enorme cazzo e questo si dissolse in una cascata di goccioline, che svanirono in pochi secondi. Atterrato a Heathrow, trovai un altro messaggio, assai meno spettacolare: "welcome home". E *home*, adesso, che cosa significava? Io non avevo casa a Oxford. Il Randolph non poteva esserlo, neppure provvisoriamente. Era lui, allora, la *casa*? No. Quel "welcome home" non era che un modo di dire, una frase fatta, che trovi scritta anche sugli zerbini. Stava al posto di un "ben arrivato". Be', meglio di niente.

Gli diedi appuntamento al Randolph per le 20.30. "where is it" mi domandò. Non sapeva dove si trovava l'hotel più noto di Oxford! E chissà quante volte doveva esserci passato davanti. Non gli era mai venuto in mente di chiedere come si chiamasse quell'imponente edificio? A quanto pare no. Il problema era, appunto, questo: che Adrians se ne infischiava dei nomi. Nei sei mesi della nostra storia non pronunciò il mio una volta. Preferiva chiamarmi *amore*, perché lui preferiva al nome proprio il luogo comune. Un italiano che ti scopa con quale altro appellativo vuoi designarlo se non *amore*? Serve il cliché, la formula impersonale, l'emblema, che non ti lega, non ti compromette. "welcome home" Lui espropriava di qualunque soggettività tutto quello con cui entrava in contatto, persone e architetture. Non a caso adorava le tipizzazioni etniche, come la gestualità degli italiani, la camminata dei francesi, i costumi femminili dei vari paesi d'Europa. Il *proprio* lui riusciva a considerarlo solo su scala nazionale. Vizio etnico dei lèttoni? Va' a sapere. Gli scrissi l'indirizzo e gli ricordai di portarsi un documento per la registrazione e lo spazzolino da denti. Fatto il check-in, prenotai un tavolo al ristorante dell'albergo. Non osavo neppure immaginare che figura avrei fatto se, entrato con lui in un qualunque altro ristorante del centro di Oxford, mi fossi imbattuto in Monica. Mentre mi sciacquavo la bocca con il collutorio, mi arrivò un suo messaggio: "im here". Puntualissimo. Presi le scale per tornare nella hall più in fretta. Quando lo scorsi, fermo davanti al desk, prima che lui scorgesse me, quasi scoppiai a piangere. Era proprio lui! Bellissimo. Gigantesco. Ancora più bello, ancora più gigantesco. *My son!*

Mi notò e mi venne incontro, sorridente, senza tradire alcun imbarazzo. Io ingoiai il sapore del pianto. Prendemmo l'ascensore insieme a due vecchie signore e così non potei saltargli al collo. D'altronde, neppure in camera ebbi l'audacia di toccarlo. Lui non mi incoraggiava. Fingendo la massima nonchalance, gli domandai se volesse un tè.

«Yes, thank you» disse.

Anche lui si teneva sulle sue. Accesi il bollitore e mi sedetti accanto, sul bordo del letto. Solo a quel punto gli accarezzai una mano. La camera era decisamente piccola. Non valeva la metà di quel che costava. Bevemmo il tè, in quella posizione scomoda, guardando la parete, e scendemmo al ristorante.

Ovunque sedevano danarose coppiette etero, giovanissime. Noi due dovevamo apparire ben curiosi. Ridevano di me, il daddy dall'aspetto mediterraneo? Compiangevano il bell'angelone biondo del Baltico? Non c'era possibilità che lui passasse per mio figlio. Eravamo proprio un daddy e un cucciolo. Formavamo una bella coppia? Avevamo un atteggiamento abbastanza decoroso? O eravamo, ognuno a suo modo, patetici? Lui non si curava della gente, e la gente, dopo tutto, non sembrava curarsi di noi. Mi disse che era uscito prima dal negozio per passare dal barbiere.

Arrivò la cameriera. Ci salutò e ci annunciò i piatti del giorno. Adrians disse «thank you» e continuò in russo. Lei avvampò e in inglese gli rispose che era ucraina, e che non avrebbe mai più pronunciato una sola parola nella lingua dei suoi nemici. Adrians si scusò. La ragazza ringraziò e prese le ordinazioni: tartare e anatra per lui, salmone e gnocchi per me. Ordinammo anche due calici di prosecco.

Per gran parte della cena mi parlò dei russi. Avevano schiacciato la Lettonia. Nonostante tutto, sua nonna, la madre del padre, li rimpiangeva. Mi ripeté informazioni che mi aveva già fornito nel primo incontro. In compenso magnificò la carne di marmotta. Disse che l'importante era abbrustolirla ben bene per uccidere i batteri. Tornò sul padre e, a parte ripetere che aveva sangue russo, mi rivelò che era un uomo violento. Era arrivato a minacciare la mamma con la pistola davanti a lui e alla sorella, dopo che lei gli aveva rimproverato l'ennesimo tradimento. La teneva per i capelli e le premeva la canna sulla tempia, dandole della bugiarda e della puttana. Era fuori di sé. La mamma, però, non mentiva. Lo denunciò alla polizia. Nessuno, ovviamente, le diede retta, visto che lui era uno di loro. Quando non era in servizio, la pistola restava in cima all'armadio. Chiunque poteva vederla dal centro della camera. Si poteva anche sfiorarla. Era fredda e dura. Finché il padre visse con loro, quella pistola era un normale utensile della casa, come il martello o la sega.

Aprì il cellulare e mi mostrò la foto di un bonazzo baffuto sui quaranta, scuro di capelli. Mi mostrò anche una foto della madre. Lei era biondissima, graziosa, femminile. In quella foto appariva esageratamente truccata. Adrians non fece commenti su questo, il che mi portò a credere che l'uso eccessivo di rossetto rosso ciliegia, di ombretto azzurro lapislazzuli e di fondotinta rosa Schiaparelli fosse una regola per la mamma o fosse addirittura pratica comune tra le signore lèttoni. Mi parlò pure della sorella. Da vari mesi erano in rotta. Periodicamente lei smetteva di parlargli. Aveva un caratteraccio. Assomigliava molto al padre; pure lei maniaca dell'ordine e della pulizia. A un certo punto, finiti i soldi, lo avrebbe ricontattato con un WhatsApp. Lui, nel frattempo, andava lo stesso a casa sua, la domenica. Giocava a pallone con il nipotino e scambiava due chiacchiere con il cognato.

Durante la cena dovevo stare ben attento a non fare il minimo rumore con la bocca o mio padre perdeva la ragione. Quando addentavo una carota, un finocchio o una crosta di pane, la catastrofe era inevitabile. Lui batteva i pugni sul tavolo e iniziava a bestemmiare. La mamma provava a calmarlo, ma otteneva il contrario. Il pianto era la mia unica difesa. Non mi importava che, piangendo, accrescessi il suo disprezzo.

«Non gli si può più dire niente a questo qui!» sbuffava lui, non tanto rabbonito quanto deciso a non provocare in me ulteriori sbotti di effeminatezza.

Dava la colpa ai libri. La mamma alla piscina. Secondo lei, il cloro mi causava la congiuntivite.

«Te li lavi bene gli occhi prima di uscire? Maledetto nuoto! Io lì non ti ci mando più! Se vuoi muoverti, fa' le corse ai giardinetti.»

«O tira due calci al pallone!» rettificava lui.

In piscina io andavo volentieri, perché ci incontravo i ragazzi grandi, che avevano i peli e i muscoli e non si vergognavano di mostrarsi nudi sotto le docce.

Alla mamma rincresceva che mio padre continuasse ad attaccarmi. Lo stesso, non riusciva a proteggermi. Aveva paura che, prendendo le mie difese, lo avrebbe solo spinto ad arrabbiarsi di più. Nel qual caso ci avrebbe rimesso pure lei. I musi di mio padre, infatti, si abbattevano su tutti indistintamente, perfino sugli estranei. Quando aveva la luna storta, si rifiutava di rivolgere il saluto agli stessi clienti del bar. Io sognavo di piantarli in asso tutti e due, prima o poi. Lui era violento, lei debole, perfino vile. Abbandonati, si sarebbero resi conto delle loro colpe.

Tra le medie e il liceo scrissi un racconto in cui un ragazzo di diciannove anni partiva per l'America e lì si uccideva. La sua morte, però, non veniva comunicata ai genitori, i quali, non ricevendo più sue notizie e non sapendo dove andarlo a cercare, morivano di dolore a poca distanza l'una dall'altro. Il pensiero di quell'estinzione totale mi tentò a lungo.

Per mio padre ormai non provavo che disgusto. Una volta, forzandomi a guardarlo mentre masticava un pezzo di cotoletta, ebbi un conato di vomito. Quando lo sentivo pisciare o scorreggiare o annusavo il suo alito, gli mandavo mille accidenti. Pregavo che morisse. Solo la sua morte mi avrebbe permesso di vivere, mi avrebbe liberato dal bisogno di domandarmi perché dovessi essere quel che ero. Lui, però, non moriva e io non trovavo la risposta. Ero così e basta.

Al liceo incontrai un ragazzo omosessuale, Antonio, che si impegnava a correggersi, convinto che ci sarebbe riuscito. Monica, che era anche sua amica, mi disse che Antonio si aspettava il rimedio definitivo dall'ipnosi. Regredendo fino all'infanzia, prima o poi avrebbe rimosso il trauma originario e la sua omosessualità sarebbe svanita. Io non avrei mai accettato alcun intervento esterno che potesse cambiarmi. Tra l'altro, non credevo di essere *così* per alcun trauma. E non ero per nulla disposto a rinunciare al piacere che mi provocavano i modelli dei fotoromanzi (mia madre ne era una lettrice accanita), le pubblicità dei costumi da bagno o le fotografie sulle scatole delle mutande, i ragazzi in piscina o al mare, i ballerini in televisione.

Alla sofferenza, che non mancava, tenevo testa principalmente grazie alla scuola. Lì trovavo l'unica alternativa alla

Regola paterna. Lì mi affermavo. Crebbi, così, nell'illusione che il mondo che esisteva al di là della porta di casa nostra fosse un posto accogliente e giusto. E questo, per quanto falso, fu un bene, perché mi forniva un po' di consolazione. A scuola nessuna contrapposizione. Solo corrispondenza e accoglienza. Mi riferisco alle medie e al liceo, dove non trovai in nessun insegnante la perfidia della maestra delle elementari. Quella era riuscita perfino a convincere mia madre, sul finire del quinto anno, a portarmi da uno specialista. La mamma aveva pensato che il medico di famiglia fosse sufficientemente qualificato per far chiarezza. Lui, dopo un attento scrutinio delle mie parti intime, mi aveva trovato *normalissimo*.

«Allora perché mio figlio sta sempre con le femmine?» gli aveva domandato mio padre.

E il buon medico:

«Questi sono fatti di suo figlio, no?»

Più il mio orientamento sessuale si rafforzava, più il mio rendimento scolastico cresceva. Potrei dirlo anche invertendo le frasi: più il mio rendimento scolastico cresceva, più il mio orientamento sessuale si rafforzava.

Le cose che apprendevo, la formazione grammaticale in particolare, oltre a darmi una certa rispettabilità agli occhi della classe, mi offrivano un indiscutibile vantaggio su mio padre. L'istruzione che lui aveva ricevuto più di trent'anni prima alle elementari e alle medie, dove, per altro, si era fatto onore, era ben poca cosa rispetto a quella che ricevevo io adesso. Gli errori, quando parlava, non si contavano. Alcuni venivano dal dialetto, alcuni dall'ignoranza, alcuni dall'incuria, alcuni dalla strafottenza. Lui, alla fine, fuggito dalla casa degli zii, aveva dedicato tutta la sua vita al lavoro e al guadagno. Di parlare bene non gli era mai importato niente. C'è anche da dire che non aveva un gran talento per le lingue, né l'italiano né quelle straniere né il latino, che allora si studiava per tutti e tre gli anni delle medie. La mamma notava, pur in tono indulgente, che lui il francese non lo aveva mai padroneggiato, nonostante lavorasse in mezzo ai francesi. Lei sì, invece. Lei aveva imparato pure parecchio latino. Ricordava ancora le desinenze delle prime due declinazioni. E il suo italiano era buono, un po' perché era arrivata al diploma di segretaria d'azienda a pieni voti e un po' perché ci teneva a parlare come una presentatrice televisiva. Mio padre, quando gli correggevo verbi e sostantivi, andava in bestia, quasi più che quando mi sentiva sgranocchiare una carota. Avevo, almeno, la capacità di farlo sentire in difetto. Lo umiliavo abbastanza da togliergli la voglia di umiliare me, o quanto meno di vessarmi dalla mattina alla sera con le sue rampogne.

Senza la scuola, senza lo studio della grammatica, non so come avrei potuto far fronte alla degradazione cui la Regola mi condannava. L'autonomia e la dignità che cercavo me le concesse proprio l'esercizio della lingua italiana, da cui germogliò il mio interesse per tutte le lingue, inglese incluso. Le femministe o i teorici del gender troveranno questa mia resa alla grammatica un'ingenuità, se non un atto di codardia o perfino un tradimento, lì annidandosi, secondo loro, la voce principale della misoginia e dell'omofobia. Da un certo punto di vista è senz'altro così. La grammatica è millenaria costruzione maschile eterosessuale (non mancano però eccelse eccezioni, come l'omosessuale Virgilio). È sintassi: cioè gerarchia, dominio, esercizio continuo del potere secondo logiche fallocentriche. Lo dice bene Virginia Woolf, quando nota che per le donne scrittrici dell'età moderna non esisteva una vera tradizione e appunto per questo finivano per buttarsi su una forma fresca e ancora adattabile come il romanzo; e pure lì alcune di loro, per quanto dotate, come Charlotte Brontë e George Eliot, commettevano tremendi errori per troppo adeguamento alla *frase maschile* (solo Jane Austen, secondo la Woolf, aveva avuto la bravura di inventare una sua frase e di starci attaccata con determinazione). Questa, forse, è la ragione per cui, mi viene da postillare, molte scrittrici – sia in prosa sia in versi – tendono a essere sperimentatrici, a cominciare dalla stessa Woolf, esprimendo la loro ribellione attraverso una sapiente manomissione della sintassi, della punteggiatura, dei ritmi anche minimi del discorso.

Ebbene, per me non andò così, non mi vergogno a riconoscerlo. Proprio la lingua della norma mi liberò dalla Regola paterna; mi allineò a tutti, alla Storia, escludendo lui, mostrandogli l'insufficienza della sua pretesa ortodossia; mi legittimò davanti al mondo e davanti a me stesso, laddove lui non aveva fatto che delegittimarmi. Tra noi due, alla fine, lo strano era lui, non io. La carota fragorosa stava tra i suoi denti. Io ero ormai l'irreprensibile, l'irraggiungibile, sebbene l'irregolarità che mio padre avvertiva in me non fosse affatto sparita. Non a caso dei miei successi scolastici lui non si dimostrò mai fiero. Mai, dopo un bel voto, mi disse "bravo". Diceva piuttosto:

«Che culo.»

Adrians era ingrassato. Quando alzava le gambe per lasciarmi entrare, la pancia si increspava in tante onde rotonde. Le gambe erano cresciute; i pettorali erano meno delineati, debordanti, simili a grosse mammelle donnesche; e i capezzoli si erano allargati, stirati verso il basso. Era meno bello. Ed era meno focoso. Stavolta non aspettava il mio cazzo con la lingua fuori e lo succhiava quasi controvoglia; e, pur lasciandosi prendere ancora da tutte le posizioni, non partecipava con la foga del primo incontro. Ancora non capivo che stavo scopando un'altra persona. Remissivo, perfino dolce, ma anche restio, questo sconosciuto lasciava fare a me. Il che, dopo tutto, non mi dispiaceva, perché così mi erano risparmiati gli strapazzi che la sua mole titanica, quando era sovraeccitata, infliggeva alla cieca. La scopata fu lunga e meticolosa, ma le sue fasi non mi sono rimaste in mente. Di sicuro, adattandomi alla nuova maniera del mio cucciolo, non mi scalmanai come quell'indimenticabile pomeriggio di gennaio. Tra l'altro, l'eccessiva cedevolezza del materasso, sommandosi alla differenza delle nostre dimensioni, rendeva il nostro allineamento tanto più difficile da stabilire e poi da mantenere, per cui io ero costretto ad amministrare ogni mossa con snervante diligenza. Di nuovo gli sborrai dentro, senza che lui stavolta mi ci costringesse o me lo chiedesse, e senza che io provassi le vertigini dell'altra volta.

Disse che, dopo aver scopato con me a gennaio, non aveva più fatto sesso con nessuno. La cosa mi sorprese positivamente, inutile sottolinearlo. Ma perché lo disse? Non per gratificarmi. Lo pensò ad alta voce. Lo constatò tra sé e sé. Anzi: lo comunicò a uno qualsiasi, perché io già avevo smesso di essere il suo daddy, come avrei dovuto capire quando accettò di bere il tè seduto sulla sponda del letto, un paio d'ore prima. E non poteva che essere così, perché il cucciolo vuole il daddy al solo fine di abbandonarlo. Io, dunque, adesso ero il daddy abbandonato. La nostra storia era un continuo abbandono. Ma questo mi sarebbe diventato chiaro più avanti.

«Neanch'io ho più scopato» mi sentii obbligato a mentire, come se a lui importasse qualcosa della mia fedeltà.

Mi diedi una sciacquata, mi lavai i denti e mi stesi accanto a lui. Gli appoggiai una mano sulla spalla e aspettai una reazione. Né mi respinse né mi incoraggiò. Stava già dormendo. Non sapevo che fare. Ritirai la mano. Svegliatosi di soprassalto, andò in bagno. Lo vedevo dal letto attraverso la porta socchiusa piantato nudo davanti alla tazza e sentivo lo scroscio, il rimbalzo frastornante di ogni gocciolina d'urina sul marmo. Anche mio padre pisciava sempre senza chiudere la porta. Adrians, però, non mi ripugnava. Beato lui, che trovava sempre conforto nella sua ciclopica coerenza! Io del suono della mia urina mi ero sempre vergognato anche nei cessi pubblici, perché, appunto, mi ricordava mio padre e quel ricordo mi rendeva simile a lui, e io non volevo essere come lui. A casa, per differenziarmi, tendevo a pisciare da seduto. Persi l'abitudine solo dopo aver cominciato a vivere con Alex.

Mi scostai per lasciarlo rientrare. Senza dire una parola né sfiorarmi con un dito, si distese a fianco a me. Si era accorto che ero ancora sveglio? Mi sarei potuto avvicinare e gli avrei potuto posare un braccio sul torace. Purtroppo non ci riuscivo. Era fin troppo evidente che lui non desiderava avermi addosso. Lasciai, dunque, un minimo spazio tra i nostri corpi, il che era tutt'altro che facile da ottenere, poiché lui al suo consentiva di occupare qualunque centimetro disponibile, spingendo il mio sempre più verso l'orlo. Non esisteva che lui; era lui il padrone assoluto della stanza (stavo per dire – e *avrei dovuto* dire – "della scena").

Affogavo nell'avvilimento. Più forte dell'avvilimento, però, era la rabbia, perché Adrians non mostrava di prendere la mia presenza nella minima considerazione. All'improvviso, sentendolo rigirarsi verso di me, credetti che finalmente si fosse deciso a darmi un abbraccio. Tutto quello che ricevetti fu un poderoso ceffone, che al buio risultò ancora più insultante. Il mio cuore si riempì d'odio. Non mi amava e me lo dimostrava anche con simili gesti involontari.

Odiavo anche me stesso, perché ancora non smettevo di aspettarmi una carezza. E se, per caso, conquistando un altro pezzo del materasso, lui mi toccava, avvampavo di vergogna, perché quel contatto, dal quale il risentimento mi imponeva di rifuggire all'istante, come se a letto mi dormisse vicino il mio peggior nemico, mi portava una felicità che lui non aveva scelto di darmi.

La mattina seguente non mi baciò. Ero sfinito. Non avevo quasi chiuso occhio, e mi era venuto un gran mal di pancia. E avevo pure avuto caldo, perché i termosifoni erano rimasti accesi tutta la notte. Anche lui aveva avuto caldo, disse. Per cui a un certo punto si era tolto il piumone di dosso, l'aveva ripiegato in due e, così facendo, aveva coperto me di un ulteriore strato. Gli raccontai del ceffone. Si scusò con un sorriso. Nessuna carezza compensatoria.

Scendemmo a far colazione. Salutò cordialmente i camerieri, ordinò caffè, succo d'arancia e acqua frizzante e si buttò sul buffet. Prese, dopo scrupolosa disamina di tutto quello che era in mostra, salsicce, muffin, waffle, uova, formaggio, pane e marmellata, yogurt e due banane. Gli occorsero tre piatti e un vassoio per portare tanto bendidio a tavola.

Osservavo stupefatto la naturalezza con cui si muoveva in quell'ambiente e in quella situazione così nuovi. Non era naturalezza, in realtà: era indifferenza; anzi: anestesia. Il nuovo induceva Adrians a correre al riparo di una dissimulazione totale. Il nuovo lui lo dissolveva. Tutt'al più lo accoglieva con un neutralizzante "why not". Che fosse al Randolph o a casa sua, lui si comportava allo stesso modo. Che differenza poteva esserci? *Lui* era tutto il suo mondo, anzi, tutto il mondo, in qualunque posto, in compagnia di chiunque. E nel mondo non c'era altro luogo che *lui*, né altra persona che *lui*: Adrians. Pertanto, dalla bocca non gli uscì la minima esclamazione di meraviglia o di compiacimento o di soddisfazione, come se la situazione non avesse nulla di eccezionale; come se lui fosse abituato a tanta abbondanza e a tanta varietà, nonché all'assurdo décor di quell'albergo, tutto tinte sgargianti e richiami ad Alice e al suo cazzo di Paese delle meraviglie. Abituato, però, non era affatto. Non poteva esserlo. Lo sapevo bene, perché la sua colazione, come mi aveva documentato nel corso di varie settimane con l'invio di decine di fotografie, consisteva in un'omelette o in un pancake, e in un bicchierone di caffè che comprava in un chioschetto del centro prima di arrivare al negozio. Perché, allora, mangiare in così grandi quantità? Perché arraffare a quel modo? Anche il cibo, come il sonno, gli serviva da scudo? Ero io, il suo daddy-non-più-daddy, a renderlo dormiglione e mangione?

Né – quel che più mi risultava straordinario – gli veniva in mente di ringraziarmi. Dopo tutto, gli stavo offrendo una piccola vacanza. Stentavo ad ammettere che Adrians non fosse fatto per accettare i doni; o meglio: per *riconoscerli* (nel senso dell'inglese *acknowledge*). Ma così era. Tutti quelli che io gli porgevo lui li... negava. Prendeva, certo (ho appena scritto che "arraffava"), ma quel che prendeva non glielo davo io, bensì glielo consegnavano le anonime circostanze, il puro e semplice impersonale momento presente.

La sua solitudine era totale. Era solo mentre scopava, era

solo mentre mangiava. Potete star certi che a tavola il bicchiere lo riempiva unicamente per sé. Io non avevo merito alcuno e, pertanto, non meritavo ringraziamento alcuno. Io stesso, alla fine, ricevevo dalle anonime circostanze quello che riceveva lui... Quasi dimenticavo! Ricordate che durante la prima telefonata mi aveva detto che aveva una gran voglia di andare in Giappone e che gli piacevano le vestaglie giapponesi? Mi aveva pure chiesto come si chiamassero. Bene, in valigia ne avevo messa una, che era abbastanza ampia anche per uno della sua stazza. Gliel'avevo offerta in regalo. Che cosa avrebbe dovuto dire? Grazie, che bel pensiero; che carino che sei, daddy, a tenerti in mente quello che dico e a privarti di una vestaglia tanto bella... Invece, non volle neanche provarla. La respinse perfino con un certo fastidio.

Finita la colazione, tornammo in camera. Disse che aveva ancora un po' di tempo. Pensai che volesse scopare. Crollò sul letto, vestito com'era, e si addormentò. Lo osservai per qualche minuto, domandandomi che cosa stesse sognando. Lo fotografai. Poi tirai fuori il computer e mi misi al lavoro. Riaprì gli occhi verso le undici. Si lavò i denti con il mio spazzolino, perché aveva evitato di portare il suo, e partì per il negozio.

Nel pomeriggio mi scrisse che il sesso era stato "amazing", "magical". Disse anche che quella sera preferiva tornare a casa, perché era molto stanco. Non protestai, perché anch'io lo ero.

Tornò al Randolph la terza sera, uscito dalla palestra. Di nuovo cenammo insieme. Questa volta ordinò ravioli di salmone e agnello con patate arrosto, io un'insalata mista e *fishcakes*. Però, non scopammo, perché lui, non appena si stese sul letto, si avvolse nel lenzuolo e si addormentò, come la mattina del giorno prima. Dormì tutta la notte. Dormì anche una parte della mattina seguente, avendo ingurgitato un'altra straripante colazione. Ormai era evidente che il sonno serviva a proteggerlo da me. Non era segno di tranquillità né di intimità. Lui non era il neonato che cede al riposo sul petto dal quale ha succhiato. Lui, addormentato, mi lasciava. Guardandolo disteso in quel letto d'albergo, praticamente defunto, suicida per sete di chissà quale degenerata idea di sopravvivenza, provavo più compassione che rabbia. Le guance erano troppo rosate, come se stesse correndo per davvero, le braccia si delineavano sotto il lenzuolo enormi, massicce come baluardi, e le cosce sembravano montagne. Il corpo di Adrians era la geografia di una lontananza incolmabile. Ripensai, nonostante la disparità di dimensioni, a un passerotto caduto che avevo raccolto una volta non lontano da casa, a Milano. Incapace di riconoscere in me un salvatore, l'uccellino aveva chiuso gli occhi e non li aveva riaperti fino a che non lo ebbi ricollocato sul margine dell'aiuola.

Tra me e Adrians il sonno calava quella stessa palpebra di animale riottoso e ingrato.

Prima di andarsene mi raccontò che in palestra il giorno prima tutti lo guardavano in modo diverso. Una personal trainer, in particolare, non la smetteva di tenergli puntati gli occhi addosso.

«I was glowing» disse. «They knew I had great sex.»

Provai una certa soddisfazione. A che altro mi potevo appigliare, se non alla mia *vanità*? Già, la mia vanità... Anch'io ne avevo, e lo capii assai prima di accorgermi della sua, che, per il momento, scambiavo per freddezza, per diffidenza, per pigrizia, per egoismo e non so nemmeno più io per che cosa. Adrians parlava del sesso che aveva fatto con me come se io non fossi colui con il quale lo aveva fatto. Senza dolcezza. Senza complicità. Il sesso era cosa che *lui solo* aveva fatto. Lo splendore che gli restava sulla pelle era cosa *solo sua*. In ogni caso, si riferiva in modo per me lusinghiero a un evento che, per quanto a lui sfuggisse, riguardava anche me. Lui, d'altronde, non era mai diretto. Questo lo abbiamo già appurato. *Tell it slant*. Di complimentarsi con me in modo esplicito non sarebbe stato capace. Ma sì, raccontandomi quelle cose, si stava complimentando, più o meno. Stupido pretendere che gli altri si esprimano come faremmo noi o vorremmo che facessero. Dobbiamo smetterla di lamentarci di loro, se non li conosciamo ancora abbastanza e non capiamo che sono diversi da noi. E, in fin dei conti, mi piaceva che Adrians non fosse diretto. Lui non esponeva, non espandeva, tratteneva il suo essere in un perennemente incondivisibile messaggio, più forte della più forte piramide. Sì, mi piaceva, perché non era mai fermo in un'immagine, cambiava sempre. Era come una traduzione, che non finisce mai ed è alla fine solo sé stessa: un corpo che vorrebbe amare l'anima dell'altro, lo straniero, ma alla fine ama solo le proprie membra. Ridacchiai anch'io, immaginandomi l'inutile arrapamento della personal trainer. Poveretta! Se avesse saputo che lo strabordante figone se lo scopava un daddy! E ridacchiavo per le smorfie buffe con cui Adrians la imitava. Era davvero divertente, ma io badavo soprattutto ai suoi occhi e al suo sorriso, che splendevano dal cielo di una delle tragedie più ridicole.

Luigi il primo anno neppure lo notai. Non era bravo a scuola e si vestiva male. Pensavo che fosse figlio di povera gente. L'anno dopo mi notò lui. Non avevamo ancora compiuto quindici anni. Aveva una bella capigliatura bionda e un fisico forte e atletico, perché era molto sportivo. Un sabato mi invitò a casa sua. La madre era fuori per lavoro quasi tutta la settimana e il padre viveva con un'altra donna a Ginevra. C'era una governante, ma anche quella si vedeva poco e niente, perché se ne stava chiusa in fondo allo sterminato appartamento, in cucina o nella stireria. In camera sua, dopo aver ripetuto la lezione di storia, Luigi mi baciò sulla bocca, all'improvviso. Mi buttò sul pavimento freddo, mi strappò via i pantaloni e, dopo avermi comunicato, come per rassicurarmi sulla sua bravura, che aveva già fatto sesso più volte con un cugino di diciotto anni, cominciò a succhiarmi il cazzo. Secondo lui, fare sesso tra ragazzi non era da froci. Aveva maniere spicce, ma, in effetti, era bravo. Io, del tutto inesperto, mi limitai a baciarlo sulla bocca. Già quella prima volta provò a mettermelo nel culo. Mi rifiutai. Con lui mi sarei sempre rifiutato. Propose anche un sessantanove. Pure a quello mi sottrassi. Nei tre anni successivi gliel'avrei succhiato appena due o tre volte. Lui a me centinaia. Gli piaceva. Lo portai a casa e mio padre lo trovò simpatico, perché Luigi, diversamente da me, giocava a pallone e seguiva anche il campionato. Mio padre credeva che questo nuovo amico mi avrebbe raddrizzato. Pertanto, non contrastò mai la nostra frequentazione né disse mai una parola antipatica sul conto di Luigi. Con lui avevo la libertà di passare tutto il tempo che volevo. Il sabato, finita la scuola, lo seguivo a casa sua e da lì venivo via solo la domenica sera, sfinito dalle seghe e dai pompini. A volte passavo con lui il weekend anche fuori Milano, in una delle case dei suoi, in Val d'Aosta o in Maremma. Fare sesso non mi interessava, ma non riuscivo a resistere ai suoi assalti. Ogni volta giuravo a me stesso che quella era l'ultima, ma poi ci ricascavo. Come ho detto, sapeva succhiarlo.

Non c'era, però, solo il sesso. C'era anche la lettura. Luigi mi dava da leggere i libri che più aveva amato e poi mi chiedeva di dire quel che ne pensassi. E c'era l'inglese, che lui sapeva meglio di me, perché aveva sempre avuto tate madrelingua e aveva già passato molte estati in Inghilterra e in America. Ogni giorno facevamo piccole conversazioni in inglese. Diceva che ero portato. Mi insegnava le espressioni idiomatiche e mi correggeva la pronuncia, e mi consigliava i romanzi di Hemingway, di Melville e di Pearl Buck. Se sono finito in America anni dopo, di certo è stato per influenza di Luigi, benché a quel punto avessimo chiuso da tempo. Mi prestava anche i lirici greci, i sonetti di Shakespeare e le rime di Michelangelo. Si era innamorato di me, anche se non riusciva a dichiararmelo e continuava a parlare di ragazze. Anch'io, dopo tutto, mettevo ancora in conto che prima o poi una ragazza me la sarei trovata e che un giorno mi sarei sposato e avrei avuto figli. Intanto, però, le cose stavano così. Io non potevo fare a meno di lui e lui non poteva fare a meno di me. La notte mi diceva che noi saremmo stati amanti per tutta la vita. Certo, lui avrebbe avuto un mucchio di donne e un giorno si sarebbe sposato. Però, di nascosto da tutti, con me sarebbe sempre venuto a letto. Dava per scontato che una moglie io non l'avrei mai avuta e che sarei rimasto a sua disposizione. Dei due l'omosessuale ero io.

«E non c'è niente di sbagliato» mi rassicurava. «Devi vivere la tua natura.»

Della nostra storia si accorsero tutti i compagni di classe. Qualcuno aveva da ridire e mi accusava di averlo plagiato, altri ci tolleravano, altri non ci prendevano troppo sul serio. Anche la professoressa di lettere si accorse che c'era qualcosa tra noi. Una volta mi disse, incrociandomi nel corridoio:

«Luigi è fortunato ad avere un amico come te.»

Io avvampai, ma le diedi ragione. Gli volevo bene, pur non sentendo la stessa attrazione fisica. Gli ero grato. Non ci fosse stato lui, avrei subìto molto di più le persecuzioni di mio padre e non avrei imparato parecchie cose.

La nostra tresca durò quasi fino alla fine della terza liceo. Fosse stato per lui, sarebbe andata avanti ancora per chissà quanto; forse, come sognava dopo che avevamo fatto sesso, per tutta la vita. Soffrì per il mio abbandono, e cercò più volte di riportarmi a sé. Non sapeva che ero già caduto nella rete di un invincibile rivale.

Molti anni dopo trovai il suo nome sui giornali. Era diventato europarlamentare in un partito di destra. Non mi risulta che le sue tendenze omosessuali siano mai diventate pubbliche. Questo, d'altra parte, vale per molte personalità di qualunque campo.

La quarta sera era previsto che ci saremmo rivisti a cena. Mi aveva avvertito che, però, non sarebbe rimasto con me la notte. Già ero seduto al ristorante, quando mi arrivò il seguente messaggio: "going home". VADO A CASA! Mi precipitai in strada, in maniche di camicia, come mi trovavo, e corsi alla fermata dell'autobus, dove immaginavo che si trovasse. Era lì, in effetti, alla fermata. L'autobus arrivò in quello stesso momento. Gli impedii di salirci.

«D'accordo, Adrians» dissi con calma, come se stessi tentando di rabbonire un pazzo armato di coltello, «andrai a casa. Prima, però, ceniamo insieme, come avevamo deciso stamattina.»

Cominciò a piovere. E lui:

«Devo finire un lavoro.»

Che lavoro doveva finire? Che straordinari poteva imporre un negozio di candele profumate? Stava mentendo. Aveva un'aria preoccupata, quasi sgomenta. Parlava a fatica, come se un misterioso divieto gli impedisse di dire tutto.

«I must go home.»

«Ok» mi arresi.

E, mentre mi allontanavo nell'acquazzone, una vocina soffiò:

«I love you.»

Fine. Niente era vero. Impossibile continuare a dar credito ad alcuna impressione o informazione. Adrians non esisteva. Esistevano, forse, solo le immagini che spediva, i selfie, i reel dei suoi allenamenti, i filmatini scaricati dalla rete: prove di un'immagine più grande, tuttavia sfuggente, ma insistente, ricorrente, tenace, come il periodico sbuffo di vapore in certi terreni vulcanici. D'altronde, solo con un bidone poteva concludersi. Però, mai mi sarei aspettato che sarebbe arrivato tanto presto. Adesso! Con tutto quello che avevo fatto per rivederlo! Quasi provavo pena per lui. Non aveva saputo rispettare neppure un impegno così facile. Che sarà mai stata un'altra cena? Tanto più che gli veniva offerta. E mangiare doveva pure. Gli era passata improvvisamente la fame? Da mangione lo avevo reso tutt'a un tratto inappetente? O lo avevano nutrito a sufficienza le colazioni al Randolph? Provavo pena anche per me stesso, che avevo avuto la stupidità di fidarmi, e l'incapacità di prevedere questo squallido epilogo. Ma sì, meglio chiudere in fretta. La maniera non contava. Preferivo forse arrivare a stancarmi io di lui, a impormi io di togliermelo di torno con una scusa rabberciata, a smettere di rispondere ai suoi messaggi, a ignorarlo come si ignora un seccatore? Preferivo ferirlo? Non era già abbastanza ferito?

Per un attimo fui tentato di chiamare Monica. Mi infilai in una pizzeria di George Street, sperando di incontrarla proprio lì, dove già avevamo cenato spesso. Mi guardai intorno, ma non la vidi. Meglio così. Non avevo la forza di sentirmi dare del coglione per il resto della serata. Tornai in camera verso le dieci e mezzo e silenziai il cellulare. Odiavo l'idea che potessi ricevere la buonanotte di Adrians e non volevo cedere alla tentazione di aspettarla. Lavorai fin verso l'una, come faccio anche a casa. Del suo passaggio non restava la minima traccia. Ero triste, ma mi sentivo abbastanza tranquillo. Non riuscivo ad avercela con lui, nonostante la fastidiosa impressione di essermi lasciato prendere in giro. Se non se la sentiva di rivedermi o di avermi tra i piedi troppo a lungo, perché non mi aveva detto: "Non venire. Non per cinque giorni, almeno..."? Pretendevo l'impossibile. Adrians non programmava nulla, non si metteva nei panni di nessuno, non immaginava le cose future. Certo, un'idea di avvenire l'aveva anche lui. Anche lui aveva sogni e ambizioni, come avrei scoperto. Quelli, però, riguardavano esclusivamente la sua vita materiale. Né potevo aspettarmi una spiegazione. Una spiegazione, poi, serviva veramente? Non era già una spiegazione Adrians stesso?

Dormii bene, di filato, fino alle otto. Non avevo ancora aperto completamente gli occhi quando controllai i messaggi. Ce n'erano vari. Uno anche di Monica. Da Adrians niente. Perfetto. Monica si limitava a mandarmi un salutino. Le risposi subito: "Tutto a posto. Non vedo l'ora di partire per Cuba". E lei: "Non scatenarti troppo, daddy. Con quale cucciolo te la stai spassando adesso?". Di nuovo mi prese la tentazione di affidarmi alla sua benevolenza; e di nuovo riuscii a trattenermi. "Al diavolo i cuccioli!" risposi.

Scesi a far colazione. La sala si era ridotta a un deserto, il buffet a un parco giochi deprimente. Davanti alle salsicce, su cui non sarebbe calata la manona di Adrians, avvertii tutto il vuoto che era la mia vita. La mia vita senza Alex. La mia vita senza amore. La mia vita orfana. Per fortuna era l'ultimo giorno. L'avrei passato lavorando, ci avrei dato dentro, fino a crollare dalla stanchezza. Ad Adrians non avrei scritto una parola. Sotto il quadro del Coniglio, sbriciolando con la forchetta la metà avanzata di un muffin ai mirtilli, non smettevo di darmi dell'ingenuo. D'altronde, non fossi tornato a Oxford tanto avventatamente, mi sarei sempre domandato se non avessi buttato l'occasione più bella della mia vita. Alex, chissà quanto starai ridendo di me! Sono un fesso, vero? Il mondo, ora che non ci sei tu a proteggermi, si prenderà sempre gioco di me in questo modo? Ma, inseguendo Adrians, inseguivo te. Adrians eri tu. Per questo mi sono lasciato andare. Per questo gli ho dato tutto quel credito. Però, ne hai avuta di fantasia per reincarnarti in quel colossone palestrato! E, se Adrians eri tu, perché te ne sei andato di nuovo? Gli dèi ti hanno concesso solo quei pochi giorni? Ieri sera già dovevi tornare all'ovile celeste? Svanire in miriadi di atomi come già avevi fatto due anni fa nel fuoco del crematorio? Avevi tanta fretta perché sapevi che dopo pochissimo saresti esploso come una bollicina? Per questo mi hai bidonato? Per questo avevi quell'aria afflitta e mi hai detto la cosa che meno mi aspettavo di sentirmi dire in quel momento, *I love you*? Sto piangendo. Da mesi non versavo una lacrima. Pensavo di averti pianto abbastanza. Ed ecco che ti piango di nuovo, ecco che ti perdo di nuovo.

«More tea?»

Alzo gli occhi e vedo la cameriera ucraina.

Avevo bisogno di scrivergli. Ma che cosa scrivere? I fatti, solo i fatti... Dici poco! Che cosa sono i fatti? In camera presi carta e penna e buttai giù un abbozzo di letterina in italiano:

> Caro Adrians,
>
> qualcosa non ha funzionato. Ti sei ritirato; mi hai respinto. Ovviamente mi dispiace. Ma le ragioni ci saranno. Forse già le capisco. Meglio se oggi, il mio ultimo giorno, non ci vediamo. Potrebbe essere imbarazzante per entrambi. Porterò il nostro San Valentino nel cuore, e anche il nostro primo incontro. E il tuo sguardo.
>
> Ti auguro tutto il bene

Aggiunsi, prima degli auguri finali: "Il resto mi è difficile conservarlo". Ma subito ci tirai sopra una riga. Rilessi e trovai inutile l'espressione "le ragioni ci saranno". Troppo vaga. Però la lasciai. Oggi rido rileggendo quel "forse già le capisco". Perché non era vero. Non capivo proprio niente. Tradussi tutto in inglese, come se davvero quelle poche righe dovessero arrivargli. Aggiunsi solo: "At this point, I don't think there is anything else I can do". Nessun piagnisteo. Se, come temevo, Adrians mi aveva preso in giro, non volevo trasformare il suo trionfo in tripudio. Non dovevo neppure umiliare ulteriormente me stesso con pose vittimistiche. Di che cosa c'era da lamentarsi, poi? Sapevo da sempre che legarmi ad Adrians, un cucciolo, non era possibile. Neppure lo volevo. Piegai la lettera, la riposi tra le pagine del mio diario, da cui è uscita solo adesso, e mi rimisi al lavoro con il sollievo che avrei avuto se lui, lettala, mi avesse risposto: "Ti amerò per sempre".

Verso mezzogiorno tornai su Grindr. Beccai subito un ventottenne né bello né brutto. Dopo cinque minuti già bussava alla porta della mia camera. Forse si teneva pronto nella hall, sicuro che prima o poi avrebbe intercettato un daddy, o forse era un dipendente dell'albergo. Mentre aprivo la porta, mi arrivò un messaggio. Dissi al tipo di aspettare fuori ancora un momento. Lessi: "how is it going". Che faccia tosta! No, non avrei risposto. Pensava veramente che io non me la fossi presa? Riaprii la porta e dissi al tipo che un imprevisto mi costringeva a uscire. Lui provò a rimandare la cosa al pomeriggio.

«Sorry» dissi, mentre notavo che, comunque, aveva un'assai poco invitante pancetta.

Una parola dovevo scrivergliela, ad Adrians, per quanto dubitassi di potermi spiegare con lui per mezzo delle parole. Ci mancava solo che mi credesse arrabbiato o ferito. "Mi spiace che sia andata così ieri sera" scrissi. Questo chi non lo capiva? E lui, pochi minuti dopo: "you dont want to see me no more". Stupendo Adrians! Sempre inimmaginabile! Ti spiazzava con la forza del letterale e del banale. Bloccato nel luogo comune, risultava sempre fuori luogo. Come interpretare quegli otto monosillabi? Mi stava lasciando andare? Accettava che io lo stessi lasciando andare? Aveva paura di volermi? Aveva paura di essere rifiutato? Mi aveva rifiutato per essere rifiutato? O voleva semplicemente assicurarsi che io l'avrei lasciato libero di organizzarsi la serata e la vita in piena autonomia? In ogni caso, dicendo di no, adesso io sarei passato per bidonaro. E la punta del mio indice batté: "Certo che ti voglio rivedere!".

Vi ricordate *Bugiardo e incosciente* di Mina? Riascoltatela, quella stupenda canzone; o, se non la conoscete, ascoltatela. Tutta una tirata contro l'ingrato dormiente, odio e rifiuto e orgoglio e rimpianto, e poi, non appena lui comincia a stiracchiarsi, rieccoci con la solita soggezione, con la solita voglia di illudersi... Mi stavo reilludendo anch'io come la povera innamorata della canzone? No. Mi stavo innalzando al di sopra della colpa e del perdono. Volevo capire, da bravo traduttore.

Mi scrisse che aveva tempo per un caffè. Il messaggio, per la precisione, diceva: "break now coffee if you want". E io: "Good". Con lui davvero valeva la vecchia massima "less is more".*

Mi diede appuntamento davanti a una banca di Cornmarket Street. Naturalmente non disse quale, e io corsi per un po' avanti e indietro senza trovarlo. Ma perché non riusciva a esser chiaro neppure quando doveva fornire un indirizzo? E perché io continuavo a dargli retta?

«It's sunny» lo sentii dire, mentre gli sbattevo contro.

Non aveva più l'aria turbata della sera prima. Né sembrava consapevole di quanto avessi sofferto a causa sua. Stetti al gioco e nascosi come meglio potei l'ulteriore affanno che mi aveva procurato la corsa. Al chioschetto che avevo visto in tanti suoi video comprammo due bicchieroni di caffè e ci sedemmo a sorseggiarlo su una panchina, davanti al Balliol College.

«Come va? Hai passato una buona mattinata?» mi domandò.

«Adrians» dissi con un tono involontariamente solenne, che traevo dallo sforzo di dominare la rabbia, «lo sai, vero?, che ieri sera ti sei comportato male con me?»

* Sono parole – se permettete – della poesia di Robert Browning, *Andrea del Sarto*.

L'azzurro dei suoi occhi diventò grigio e la bocca perse il sorriso.

«Dovevo andare a casa a finire un lavoro» protestò con il tono di uno che nella testa si fosse appena detto: "Ci risiamo".

«Mi hai bidonato» incalzai. «Ammettilo! Non ti sto rimproverando; ti sto solo facendo notare che di fronte al tuo comportamento di questi giorni posso solo concludere che non ti interesso. Tutto qui.»

«Non è vero...»

Fremeva. Pensai che stesse per piantarmi in asso.

«Sapevi bene che ero venuto a Oxford per te... Non sono neppure andato a salutare la mia amica. Io volevo vedere te, solo te. Lo capisci? E in pratica ho passato con te appena una sera...»

«Io sono stanco dopo una giornata di lavoro!» cominciò a frignare. «E tu dovevi capirlo.»

Come no? L'egoista ero io!

«Dopo una giornata di lavoro non ho più le energie per stare con te. Invece, io voglio godermi la tua compagnia. Non voglio che il tempo che passiamo insieme sia per me una fatica.»

Ma che fatica poteva mai essere passare qualche ora con l'uomo che dici di amare, tanto più che è venuto apposta per te e resta per pochi giorni e spende una barcata di soldi per avere un letto in cui scoparti? No, meglio evitare le polemiche, che sarebbero state perfettamente inutili. Meglio non provarci neppure a chiedergli di definirmi la sua idea di tempo o quella di fatica. Meglio prendere tutto alla lettera, rispondere a quello che ha detto, credergli. Magari, con gentilezza, accennare soltanto alla possibilità che io avessi un punto di vista diverso.

«D'accordo... Ma tu mettiti nei miei panni. Vengo qui per vederti e tu la prima sera mi incontri, la seconda ti tiri indietro per la stanchezza, la terza vieni in albergo, ma dormi, la quarta mi bidoni... Che cosa devo concludere? Non ti sto rimproverando; ti sto solo invitando a guardare i fatti. Che cosa devo pensare? Che non ti interesso...»

«I miei sentimenti per te non sono cambiati. Se non mi credi, io non ho colpa. Te l'ho già detto: io la sera sono stanco e ho bisogno di dormire.»

Stanco a spostare scatoloni di candele profumate, grande e grosso come sei, palestrato come sei? O stanco perché non sai stare con gli altri? Stanco perché anche quando pensi che uno ti piaccia, non ti piace mai abbastanza da volerlo accanto finché si può? Stanco perché il tempo è scaduto, perché sei pure tu schifosamente, inguaribilmente cucciolo?

«Quindi, non c'è un'altra ragione... Non hai altro da dirmi... Giusto?»

«Non sto con nessuno.»

Che potesse avere un altro non mi era mai passato per la testa.

«Allora teniamoci aperti a qualunque possibilità» riassunsi. «Domani io riparto per Milano. Ci sentiremo ancora, probabilmente. Un giorno tornerò a Oxford e allora si vedrà.»

Lo stavo lasciando, senza aver l'aria di farlo. Questo, in fondo, volevo da sempre. E nessuno ci perdeva la faccia; nessuno avrebbe avuto ragione di soffrire. La mia indulgenza lo incoraggiò al contrattacco.

«Tu corri, tu affretti tutto! Non sei maturo...»

Scoppiai a ridere.

Continuò a rimproverarmi con piglio sempre più severo.

«Le cose che crescono più lentamente sono quelle che avranno più forza per durare.»

Adrians moralista! Chi se lo sarebbe aspettato? Dove aveva assorbito tanta saggezza?

Cominciavo a incazzarmi.

«Ci siamo chiariti» tagliai corto.

Mi guardava immusonito.

«Vedi gli amici stasera?» gli domandai.

«No.»

«Andrai in palestra?»
«Ci sono stato stamattina...»
Era veramente arrivato il momento di chiudere.
«Bene» sospirai, cercando le ultime parole.
E lui, ritrovato il sorriso:
«Io stasera pensavo di stare con te.»

Cenammo di nuovo al ristorante del Randolph. Stavolta non posso riportare i piatti che ordinammo, perché il mio diario non ne fa menzione e non mi sono rimasti in mente. Mi parlò di nuovo della Lettonia e dei suoi genitori e mi chiese di insegnargli alcune frasi in italiano e di spiegargli il significato di alcuni caratteristici gesti italiani che aveva visto su YouTube. Domande sulla mia vita non c'era pericolo che ne facesse. Mi sentivo inquieto, ma riuscivo a nasconderlo, impegnandomi nelle spiegazioni anche con troppo zelo. Non capivo se stessimo preparando un nuovo inizio o una bella fine. Pertanto non davo affatto per scontato che avremmo scopato un'altra volta. Speravo che prima o poi arrivasse un segno inequivocabile da parte sua, ma nessun segno inequivocabile arrivava, che, d'altra parte, dopo tutte le delusioni e disillusioni delle ultime ore, non ero neppure sicuro di volere. Non escludevo e forse addirittura speravo che, conclusa la cena, lui si sarebbe stropicciato gli occhi e si sarebbe congedato con la faccia assonnata. In fondo, aveva passato tutto il giorno al negozio.

Invece no: scopammo di nuovo. E scopammo alla maniera della serata di San Valentino, con metodo, senza foga. Nulla di eccezionale o di particolarmente bello da riportare, se non che, dopo il sesso, questa volta non sprofondò nel sonno, ma mi mostrò sul suo telefonino spezzoni di un film, in cui Robin Williams, travestito da bambinaia per poter passare un po' di tempo con i figli che la moglie gli impediva di vedere, combinava un sacco di pasticci, si strinava le tettone di gommapiuma sui fornelli, ansimava tra repentini cambi di ruolo e d'abito. E lui, Adrians, che doveva aver visto quelle scene decine di volte, rideva a crepapelle, stupito che io non le conoscessi. Ogni tanto mi rivolgeva due occhi scintillanti, febbricitanti, ripetendo le battute a memoria, o addirittura anticipandole.

Passai una notte tranquilla, non abbracciato a lui, ma almeno vicino, sfiorandolo, senza ossessioni e senza fastidi, a parte un improvviso attacco di acidità di stomaco.

La mattina a colazione disse quasi per caso, in modo del tutto imprevedibile:

«I'll be shattered without you.»

Lasciate che ve la traduca questa pazzesca dichiarazione: "Sarò distrutto senza di te".

Ero più incredulo che commosso. Adesso sono solo incredulo nel riportarla. Niente di quello che seguì avrebbe dato realtà a simili parole. Già per la fine di quella stessa colazione avrei potuto affermare che me le fossi sognate. Vi assicuro, però, che le aveva pronunciate. Si congedò da me con una stretta di mano. Nessun bacio. Non mi augurò nemmeno buon viaggio e non si voltò prima di infilare l'uscita. Già si era dimenticato di me? Già era tornato quello che era prima di incontrarmi? O non era mai cambiato e io avevo vissuto soltanto un delirio? O soffriva e nascondeva la sofferenza? Non voleva soffrire? Perché non gli venne in mente di accompagnarmi alla fermata del bus che mi avrebbe portato a Heathrow? Perché non mi lasciò un piccolo regalo, un ricordo, una candela profumata, anche la meno costosa del negozio? Perché mi costringeva sempre a farmi domande?

Nei messaggi che mi inviò da quel momento non comparve mai più un solo "i love you". Un paio di volte mi scrisse "miss you", ma l'affermazione, per quanto apparentemente affettuosa, era così slegata da tutto il resto – parole, selfie, emoji – che non significava nulla. Anziché rassicurarmi, mi spingeva in una vaghezza ancora più inquietante. Tornò a parlare quasi solo del clima e della palestra. E la buonanotte, che non sempre si ricordava di mandarmi, adesso la mandava molto tardi, quando io ero già addormentato, come se non gli importasse che la ricevessi prima di chiudere gli occhi o che temessi di non contare più niente per lui. Notai pure – alla buon'ora! – che i cuoricini che apponeva ai miei messaggi non avevano valore letterale. Lui li usava al posto di un pollice alzato o di una faccina sorridente, che gli inviassi una parolina dolce o un'informazione qualunque, tipo "Sto per prendere la metropolitana" o "Stasera resto a casa". Sulla mia visita mai una parola. Mi raffreddai anch'io, pur avendo sempre la capacità, non appena la noia e la sfiducia stavano per prevalere, di ricadere nell'illusione. Di che, poi? Che cosa potevo ormai aspettarmi? Non mi aveva mai dato niente; e, definendomi immaturo, mi aveva pure rimproverato di avergli dato troppo. Non avevo abbastanza ragioni per lasciarlo? E certamente lo lasciavo ogni giorno, tra me e me, senza che a lui venisse il minimo sospetto, un numero imprecisato di volte. Altrettante volte, però, ogni giorno lo riprendevo.

Altalenavo tra gelo e fuoco, tra scoramento e ottimismo, tra ribrezzo di me e volontà di ripresa, tra umiliazione e fierezza, concedendomi di parlargli con maggiore o minore dolcezza secondo le imprevedibili svolte dei miei pensieri. Al Randolph neanch'io feci mai il minimo riferimento. Il Randolph era da dimenticare, come se si trattasse di un clamoroso errore di entrambi; un'esagerazione vergognosa che io non avessi l'impudenza di tirar più fuori e lui la decenza o la bontà di non rinfacciarmi. Smisi di spedirgli foto di Milano e di casa mia. Lui, invece, i selfie continuava a spedirli. Era sempre bellissimo, specie dopo la palestra, accaldato e illanguidito dagli esercizi. Eccomi, diceva con quegli autoritratti. Non mi capirai mai, sarò sempre questo, una faccia che non riuscirai mai a leggere, una lingua straniera che non riuscirai mai a tradurre. Spedì anche una foto della luna, con tutte le macchie. Perfino quella mi risultò inintelligibile. Millenni di metafore dissolti in un'istantanea.

Ricominciai a far sesso con altri, a Milano e altrove. La mia felicità sessuale, almeno quella, esisteva indipendentemente da Adrians. Il mondo era pieno di bei ragazzi che sapevano farsi scopare o che avevano cose da raccontare e sguardi che entravano nel cuore. Dovevo accettare che la nostra storia, se proprio non si era conclusa, certo stesse deperendo. Il mio diario di quei giorni è punteggiato della parola "fine". Soffrivo, non potevo nascondermelo. In certi momenti soffrivo moltissimo. Non lo interessavo, non lo affascinavo, non suscitavo la sua ammirazione. Se si era mostrato entusiasta quando gli avevo detto al telefono di esser stato in Giappone, il suo entusiasmo significava solo che anche a lui sarebbe piaciuto andare in Giappone. Di me non voleva conoscere nulla.

Ero un traduttore...?

why not

Vivevo a Milano?

why not

Mi piaceva quel che mi piaceva...?

why not

Avevo la faccia che avevo...? Avevo perso l'amore della mia vita?

why not why not why not why not

Lui pensava solo a sé stesso, aveva solo sé stesso nella testa.

Lo informai del viaggio cubano solo alla vigilia della partenza, in un messaggio vocale che era più una richiesta di perdono che la condivisione di un dato di fatto. Avevo paura che se la prendesse, che si sentisse messo in disparte, o che cominciasse a credermi frivolo e spendaccione; a considerare la mia vita troppo diversa dalla sua perché potesse sentircisi accolto o volesse prenderci parte. Dissi che partivo con Monica e che avrei festeggiato lì con lei il mio compleanno. Dissi anche la mia data di nascita, ben chiara. Rispose, pure lui con un vocale: "Have a good trip". La sua voce non rivelava né sorpresa né invidia né dispiacere. Cuba, a differenza del Giappone, non doveva essere nella lista dei suoi desideri. Non disse: "Vorrei tanto venire con te". Non disse: "Un'altra volta partiremo insieme, io e il mio daddy". Aggiunse solo che un suo amico gli aveva raccontato che a Cuba c'era molta povertà. Gli spiegai che non sapevo se avrei avuto la possibilità di comunicare con lui regolarmente in quelle tre settimane. Rispose ridacchiando che internet esisteva dappertutto e che non stavo andando a morire, anche se a Cuba c'era pochissimo da mangiare. "I'll think of you" dissi in un ultimo messaggio vocale. E lui, mentre ero già sulla via dell'aeroporto, per iscritto questa volta: "have fun".

«Ti ho rovinato» mi diceva per scherzo il Dottore.

Eh sì, siamo arrivati anche a lui, l'uomo che, dopo mio padre, più mi ha tormentato e tradito. L'uomo che mi strappò al povero Luigi. L'uomo dal quale Alex mi salvò.

«Ho fatto di te un piccolo degenerato, *mon petit*... Chiederai la mia dannazione davanti al tribunale di Dio?»

Così parlava, melodrammatico e spiritoso. Nel suo linguaggio spuntavano modi di dire, espressioni francesi, proverbi, motti latini, come se si pronunciasse sempre da dietro una maschera. La maschera gli serviva sia a divertire l'ascoltatore sia a gratificare il suo amor proprio, che non conosceva limiti. Gli serviva a non prendersi sul serio e a esser preso sul serio a un tempo. In pratica, mentiva ininterrottamente dicendo la verità, parlava tacendo, esagerava minimizzando, scherzava sentenziando. Anche quando non c'erano altri, con lui non si era mai del tutto a tu per tu, perché i suoi manierismi presupponevano la presenza di un pubblico. Anzi, la pretendevano. E allora ti domandavi se le sue parole fossero rivolte per davvero a te e non ad altri. Capivi quel che potevi capire, e quel che non capivi portava insicurezza e gelosia. Per anni io non ci vidi per niente chiaro nella nostra storia, o ci vidi solo la metà sbagliata, anche se l'ultima volta, lasciandomi, aveva constatato:

«È tutto chiaro, no?»

Lì per lì neanche mi resi conto che venivo buttato via per sempre, perché le sue frasi non sembravano mai completamente sue, cioè vere. Inoltre, quando ci trovavamo soli, ero così felice di non aver altri intorno che mi togliessero le sue attenzioni da non prestare fede a ciò che mi diceva, qualunque cosa dicesse. Quell'ultima volta, poi, Bologna non era gelida, i portici erano meno opprimenti, lui si rivolgeva a me con dolcezza, tenendomi la mano appoggiata sulla spalla in mezzo alla gente... Mi sentivo importante, libero di stare con lui, innamorato senza paure.

Tra le sue braccia mi spinse mio padre, convinto di salvarmi da me stesso. Perciò, se un uomo mi rovinò, per ripetere il verbo del Dottore, quello era mio padre. Neppure lui, comunque, aveva la colpa, alla fine. La colpa era solo mia. O il merito, se si preferisce. Io lo preferisco. Gli altri, nella nostra vita, esistono meno di quanto esistiamo noi. Mi pare di averlo fatto vedere già abbastanza chiaramente: Adrians che altro è se non un'immagine perfetta dell'Altrui Inesistenza? Non solo la mia rispetto a lui e la sua rispetto a me nella fattispecie, ma quella di qualunque persona rispetto a qualunque altra persona. Pertanto, è assurdo pensare che qualcuno determini il nostro destino. Se perdiamo una cosa, vuol dire che quella cosa eravamo disposti a cederla. Non siete d'accordo? Mai, credo, si perde nulla, per quante nostalgie ci invadano il cuore. La vita non è che un trovare. E se quel che si trova non ci interessa, be', pazienza. Non tutto è comprensibile. Niente è veramente comprensibile, vorrei dire, neppure per quelli che lo credono.

«Ti mando dal Dottore» minacciava spesso mio padre.

Io non gli badavo. Le sue minacce non si contavano, le sue intimidazioni, i suoi propositi di correzione. Quel nome, tra l'altro, mi faceva ridere. Chi diavolo era *il Dottore*? Non l'avevo mai incontrato e non mi importava di incontrarlo. Avevo altro per la testa. Mi stavo preparando per l'esame di maturità e Luigi continuava a succhiarmi l'uccello.

Caso volle che in quel periodo il Dottore passasse da Milano. La domenica, prima di ripartire per Rimini, venne da noi a pranzo. Mio padre non lo vedeva da secoli, perché il Dottore aveva lasciato la Francia molto tempo dopo di lui. Ogni Natale, però, si scambiavano gli auguri per telefono. Mio padre lo metteva su un piedistallo perché era quasi arrivato a laurearsi in medicina. Un altro avrebbe potuto disprezzarlo proprio perché non si era laureato per un pelo (pare che gli mancassero solo due esami e la tesi), e forse chi per primo gli aveva appioppato quel soprannome l'aveva scelto in segno di disprezzo (e lui – ne sono certo – ne aveva prontamente fatto un distintivo, uno dei suoi tanti ambigui distintivi). Per mio padre, che era arrivato solo al diploma di terza media, uno che aveva frequentato sei anni di medicina era un dottore a tutti gli effetti. Durante il pranzo parlarono di donne. Risentivo nomi che avevo già sentito mille volte – Marie-Françoise, Josiane, Danielle, Jacqueline, Catherine, Stéphanie ecc. Questa volta, però, non mi sembravano suoni vuoti, perché uscivano anche dalla bocca del Dottore. All'improvviso mi vedevo uno sciame di donne affascinanti, formose e frivole, che bevevano champagne e fumavano Gauloises in un locale notturno di Nizza e si scalmanavano, sbuffando nuvolette azzurre, per avere le attenzioni di quel bell'uomo.

«Quante te ne sei fatte?» lo provocava mio padre.

«Secondo me non lo sa neanche lui» gli dava man forte la mamma.

Il Dottore scuoteva la testa.

Mio padre non mollava.

«Ti ricordi quella...? Come si chiamava...? Dài, la stangona, che mangiava piccante e poi te lo faceva bruciare...»

«Chi? Marine?»

«Giusto, Marine! Che figlia di buona donna... Sai che fine ha fatto?»

«Si è sposata, credo.»

Mio padre faceva tanto d'occhi, come per dire: "E chi se l'è presa una zoccola del genere?". Ridevano, ma rideva soprattutto mio padre.

La mamma non staccava gli occhi dal Dottore. E aggiungeva lusinghe:

«Avanti, signor Fabrizio» (si chiamava così quella leggenda vivente), «non faccia il modesto. Qui nessuno si scandalizza.»

Così eccitata non l'avevo mai vista.

L'eccitazione l'aveva presa già il giorno prima, quando il Dottore confermò che sarebbe venuto a pranzo. Aveva cucinato tutto il pomeriggio e adesso continuava a ripetere:

«Mangi, mangi ancora, signor Fabrizio, che ce n'è per dieci...» E intanto gli rovesciava un'altra porzione di lasagne nel piatto. «Si capisce che lei non ha problemi di linea. Sembra ancora un ragazzino!»

Il Dottore era un bell'uomo. Aveva un collo lungo e forte, e tutti i capelli, e due occhi felini, pieni di luce, verdi. E, in effetti, non aveva un filo di pancia. E non gridava quando parlava. Ed era alto. Aveva l'età di mio padre, quarantacinque anni, ma sembrava ancora un giovane; un giovane strano, costretto a sembrare più grande, come un attore che un cattivo trucco avesse invecchiato per il finale del film.

Io mi vergognavo sia delle cretinate di mio padre sia dell'effervescenza della mamma, e mi vergognavo della mia vergogna, e temevo che il Dottore se ne accorgesse e mi disprezzasse. Non era, infatti, solo una questione di bellezza. Di quella, allora, io non avevo un'idea precisa. La riconoscevo, ma non mi ci soffermavo; non la staccavo dalla totalità della persona. Il Dottore, oltre alla bellezza, aveva modi simpatici e dolci. Giocava con le parole, sorrideva, non era volgare. E aveva un che di involontariamente misterioso. Era come se nella conversazione tenesse sempre qualcosa per sé; come se si proibisse di schiacciarci con i segreti della sua sagacia. E, quando concedeva di abbassarsi al livello di mio padre, trovava espressioni meno grossolane.

«Te la tiravano dietro» insisteva mio padre, brindando alla facilità delle francesi.

E il Dottore:

«E se ti colpivano, che male!»

In virtù di simili battute poteva perfino passare per timido. Chissà come avevano fatto a diventare amici in Francia due uomini tanto diversi, uno "così fine" e uno "così sboccato", come diceva la mamma, che pure riconosceva a ciascuna categoria pari dignità. Forse non lo erano mai diventati. Forse il Dottore era venuto a trovarci per mancanza di meglio da fare. Tempo dopo mi confessò che quella domenica era passato da noi perché «aveva una gran curiosità di conoscere l'*enfant*».

Mi piaceva, me ne accorgevo. Lì per lì, però, non avrei usato questo verbo per descrivere la mia attrazione. Neanche questo vocabolo, *attrazione*, mi sarebbe venuto in mente. Il mio sentimento era un misto di gioia e disagio, di affetto e soggezione, e di molte altre cose insieme, inspiegabili, prive di nome. Forse subivo solo la felicità di sentirmi, pur senza averne una percezione razionale, desiderato. Dopo che il Dottore mi ebbe sorriso una seconda volta, mi ritirai in camera. Temevo che potesse smettere di sorridermi e volevo risparmiarmi la delusione. Né sapevo che cosa dirgli o come rivolgermi a lui. Rimasi ad ascoltarli attraverso la porta socchiusa, con il cuore in gola. Mio padre gli chiese di prendermi al bar per la stagione, visto che io nel suo mi rifiutavo di mettere piede.

«Passa troppo tempo a leggere e a scrivere poesie, quel ragazzo... E poi tutto quel greco e quel latino... Se gli parli di pallone, gli viene il vomito.»

«*Homo homini lupus*» disse il Dottore.

«E il francese e l'inglese dove li lasci?» aggiunse la mamma per mettere in mostra tutte le mie bravure.

Non si rendeva conto che così offriva ulteriori argomenti al mio censore.

«Quello una donna non l'ha ancora toccata. A diciotto anni suonati! La sera non vuole mai andare a letto. Se verso mezzanotte non gli gridassi io di spegnere la luce, continuerebbe a leggere fino alla mattina...»

«Credi che verrebbe a raccontarli a te i suoi amorazzi?» rise il Dottore.

«Ma che *amorazzi*!» sbottò mio padre, pronunciando quella parola probabilmente per la prima volta.

«Abbassa la voce» lo supplicava la mamma.

Ma lui niente.

«Non guarda neanche i giornaletti porno che gli lascio in bagno, quel rimbambito! Preferisce i fotoromanzi della madre. Quand'era piccolo, stava solo con le femmine. Non sono riuscito a mettergli il pallone tra i piedi nemmeno una volta. Ti sembra normale?»

«Oh, basta con 'sta storia del pallone» protestò stancamente la mamma. «Il pallone non può piacere a tutti... Ognuno ha i suoi gusti!»

Il Dottore tradusse, come in un a parte teatrale:

«*De gustibus*.»

E mio padre:

«Ma che gusti! Il pallone piace a tutti i maschi!»

«Anche tuo figlio è maschio! Maschio come te! Figuriamoci se non lo so io che l'ho fatto!»

«Lasciatelo a me» li interruppe il Dottore. «*Moi, je les connais les garçons*. Me ne sono passati tanti per le mani. Bisogna solo aver pazienza. Prima o poi cedono. Tutti...» E canticchiò in falsetto: «*L'amour est enfant de Bohème, Il n'a jamais, jamais connu de loi...*».

La mamma gli fischiettò dietro.

Quando il Dottore disse che doveva andare, io mi nascosi sotto le coperte.

Lei venne in camera a chiamarmi.

«Che fai? Dormi? Il Dottore deve andare...»

Trattenni il respiro finché non si tolse di lì.

«Niente, signor Fabrizio... Si è addormentato» si scusò.

E lui:

«Poverino! L'abbiamo frastornato con le nostre *conneries*. Salutatemelo. Ditegli che faremo grandi cose insieme. E voi state tranquilli. Non è il primo che ho fatto cambiare da così a così *en un clin d'oeil*!»

E la mamma:

«Grazie di cuore, signor Fabrizio. Nostro figlio è un bravissimo ragazzo. Non si pentirà di avergli dato un'occasione!» E per essere alla sua altezza passò al francese: «*Vous ne le regretterez pas! Merci, merci beaucoup!*».

Quella sera faticai a prendere sonno. Ce l'avevo con la mamma, che finiva sempre per stare dalla parte di mio padre. Ce l'avevo con mio padre, che finiva sempre per averla vinta. Ce l'avevo con me stesso, che finivo sempre per soffrire.

Dopo il sesso si misero a parlare. Mi alzai e rimasi in ascolto davanti alla loro camera.

«Se non si fa vedere, che colpa ne ho io?» si difendeva lei. «Io mi vergogno a chiederglielo. Chiediglielo tu, se vuoi! Siete maschi tutti e due, no?»

E lui:

«Con te ha più confidenza. Io che cosa gli dico...?»

«Ma è sempre coperto! Be', in effetti, quando fa il bagno è nudo... Però sta piegato in avanti e là sotto non riesco a vederlo. E poi quando fa il bagno non mi vuole intorno. Ha un grande senso del pudore... Mica è svergognato come te.»

«Ma che razza di madre sei, che non sai neanche se a tuo figlio gli tira o no!»

Per tutti i venti giorni della vacanza cubana non feci altro che cercare un collegamento Wi-Fi. Non era vero che internet fosse diffuso ovunque, come Adrians pretendeva. Era disponibile solo nelle *casas particulares*, in certi alberghi e in certi bar. E non sempre funzionava. Senza Wi-Fi non c'era verso di far partire un messaggio dal cellulare. Quello delle *casas particulares* dove prendevamo alloggio andava una volta sì e due no. Per di più, i padroni tendevano a tenere spento il modem. Per cui bisognava sempre augurarsi che acconsentissero ad accenderlo e che, dopo avertelo acceso, non lo spegnessero all'improvviso prima che tu avessi finito. Più affidabile era quello degli hotel o di certi bar. Senza l'aiuto di Monica non sarei mai riuscito a collegarmi. Lei mi procurava la carta telefonica, la *tarjeta*, negli uffici specializzati, dopo esser stata in coda anche per un'ora, lei trovava l'hotel o il bar, lei mi assisteva con santa pazienza nella complessa pratica del collegamento. Bisognava provare e riprovare e a un certo punto, per un inspiegabile e ormai non più sperabile rinsavimento del sistema, il numero della *tarjeta* veniva registrato e si cominciava a captare il segnale. Allora si inseriva la password della rete privata e il collegamento, con un altro po' di fortuna, partiva. E allora, solo allora, per me cominciava la giornata, verso il tramonto.

Neanche quando il collegamento avveniva, però, la felicità era assicurata.

Da Adrians arrivavano le solite deludenti baggianate: pioveva, era appena uscito dalla palestra, si stava friggendo tre uova, era stanco. Del mio viaggio non chiedeva niente, come se non avessi mai lasciato Milano. Né esprimeva la minima gratitudine per tutti gli sforzi che stavo facendo per restare in contatto con lui. E dire che non perdevo occasione per ricordargli quanto fosse difficile trovare un collegamento e per scusarmi dell'eventuale ritardo con cui mi sarei collegato il giorno dopo. Sulle foto dei paesaggi che allegavo apponeva la vidimazione cuoriforme d'ordinanza. Lui, naturalmente, non faceva economia di selfie. Adesso andava in palestra anche due volte al giorno. Si fotografava alla fine dell'allenamento, zuppo di sudore, con i capelli appiccicati sulla fronte, sotto il neon degli spogliatoi. La differenza di orario costituiva un ulteriore intralcio. La mia buonanotte non era mai una buonanotte, né il suo buongiorno era mai un buongiorno. No, non eravamo in contatto, non stavamo comunicando.

Questo viaggio forniva un'ideale metafora della nostra condizione: eravamo distanti e asincroni. Ciascuno in un suo spazio e in un suo tempo. Non ci eravamo mai incontrati, neppure al Randolph (maledetto Randolph!). Né riuscivamo a incontrarci adesso, in questo modo, in questo mondo. Ciascuno metteva in piedi per l'altro un suo proprio teatrino – una frase scritta, un paio di foto, un messaggio vocale, un emoji – e ciascuno aveva occhi e testa solo per quello.

Il giorno del mio compleanno tacque del tutto, benché la mattina io gli avessi scritto: "Oggi è il giorno del mio compleanno". Io non avevo mai dato molta importanza al mio compleanno. Adesso sì, perché Adrians lo aveva ignorato.

«Sei peggio di un adolescente» mi sgridava Monica, vedendomi digitare in fretta e furia il messaggio quotidiano (il collegamento, infatti, poteva cadere tutt'a un tratto). «Dovresti vederti! Non sei capace di distrarti neanche qui?» Mi fotografava con la sua vecchia Nikon: «Quella tua faccia va documentata».

Come spiegarle che, se non avessi inviato messaggi con cadenza regolare, sarei uscito in un batter d'occhio dalla mente di quel cucciolo che avevo elevato a incarnazione dell'Amore?

Ma che cosa sentivo per lui ormai? Non lo sapevo. Ora, invece, credo di saperlo, avendo capito, se qualcosa ho capito, che non è quello che sentiamo per le persone il senso del rapporto che abbiamo con loro, ma è quello che il nostro cuore li costringe a rappresentare, a incarnare, a recitare. Adrians, insomma, era il figlio che andava amato. Stava per me, per il vecchio me che resisteva dentro l'involucro del vedovo attuale. Al tempo stesso, però, stava per sé, per il giovane bonazzo da scopare e riscopare, che era il ritratto della solitudine. Io volevo essere il suo papà a qualunque costo. Per questo non riuscivo a staccarmi da lui. Attraverso lui diventavo il papà che non avevo avuto. E, siccome lui era anche me, non volevo infliggermi la pena di un altro abbandono. Lui perché non mi voleva? Che cosa voleva? Questo, in effetti, non lo so ancora dire con esattezza. Desiderava un papà, ma il risentimento, la diffidenza e la paura erano in lui più forti del desiderio; lo distraevano, si intromettevano, pur senza indurlo a fuggire.

Una sera, non essendo ancora riuscito a mandare il mio messaggio, poiché Monica, nonostante le mie proteste, aveva voluto prolungare la passeggiata a cavallo fino a che non era spuntata la luna, precipitai nella disperazione. Quando ci sedemmo al bar per il solito mojito, non riuscivo più nemmeno a parlare e, ogni volta che ci provavo, la gola mi si chiudeva. La detestavo. Se ne accorse.

«Avanti, daddy, che cos'hai?»

«Vaffanculo» mi uscì di bocca.

Le piantai gli occhi negli occhi e, godendomi lo spettacolo del suo crescente stupore, le diedi dell'egoista. Le gridai in faccia che, se non fosse stato per lei, a quest'ora io avrei già spedito ad Adrians tutti i messaggi del mondo.

«E tu» contrattaccò, riavendosi da un breve stordimento, «tu non sei egoista? Io mi prendo tre settimane di ferie per stare con te, per festeggiare il tuo compleanno in un posto speciale, e tu non fai che dimostrarmi che di stare con me non te ne frega un cazzo! Tu preferisci scrivere messaggi WhatsApp a quell'imbecille ipertrofico che di te se ne sbatte completamente! La prossima volta dimmelo prima, che ci risparmiamo tutti e due un tormento!»

La vacanza, sì, mi affliggeva. Che ci aggirassimo per le vie dell'Avana o prendessimo il largo su un catamarano o passeggiassimo a cavallo nella Valle Viñales o ci fermassimo a provare un sigaro, niente mi dava piacere, niente mi interessava. Non sopportavo il cibo, non sopportavo il rum, non sopportavo le zanzare, non sopportavo gli autisti, non sopportavo i ristoratori, non sopportavo la povertà, non sopportavo le farmacie senza farmaci, non sopportavo la scarsità di luoghi in cui mangiare o bere, non sopportavo le scadute mitizzazioni del comunismo, non sopportavo le falsificazioni pubblicitarie, non sopportavo lo spettro americano, non sopportavo il menefreghismo internazionale, non sopportavo l'assenza di librerie, non sopportavo i cani moribondi, non sopportavo le lamentele della gente, non sopportavo gli entusiasmi di Monica. Il mio cervello opponeva a tutto la faccia di Adrians. Avevo sempre voglia di essere altrove, di togliermi in fretta da lì, di tornare a casa mia, di poter scrivere a lui ogni volta che mi venisse in mente.

«Tu sei pazzo» mi disse Monica.

Diede una manata al bicchiere, che si infranse sul pavimento, e uscì dal bar di corsa.

Non ci parlammo per un paio di giorni. E io, lasciato a me stesso, non fui assolutamente capace di scrivere ad Adrians. In un ristorante di Trinidad, la penultima sera, le parlai dei tristi giorni del Randolph. Mi ascoltò senza interrompere, masticando il ghiaccio, benché a sentire che ero stato a Oxford di nascosto fosse sbiancata.

Poi disse:

«Sei uno stronzo!»

«Hai ragione.»

«Ma lui è più stronzo di te.»

«No, Monica; non è uno stronzo...»

«Sì, caro daddy. È uno stronzo. Apri gli occhi!»

«Lui non mi ha chiesto niente. Non mi ha chiesto di andare! Ho fatto tutto io...»

«Però, ti aveva dato il permesso di andarlo a trovare, no?»

«Sì...»

«È uno stronzo; un bamboccio vanesio, chiamalo come vuoi... Ammettilo: quel ragazzo non fa per te. Mollalo!»

«Non sono ancora pronto. Gli voglio dare ancora una possibilità... La voglio dare a me! Devo trovare il modo di stabilire un contatto con lui. Ci sono ancora molte cose che non mi tornano. Che ci rimetto?»

«Tutto.»

«Bisogna considerare che viene da un altro Paese, da un'altra cultura; che suo padre l'ha abbandonato... Che è molto più giovane di me...»

«Stàccati per un po', almeno! Se gli stai continuamente addosso, non gli dai il tempo di capire che cosa provi per te. Penserà che tu sia un coglione, che tu non sia neanche capace di goderti una vacanza ai Caraibi! Ma che cosa avrai mai da dirgli ogni giorno, eh? Lascia che gli venga un po' di nostalgia! Se non gli permetti di desiderarti, non ti desidererà mai.»

Girovagammo per le stradine dissestate e buie del centro. Dalle finestre uscivano musica e canti. Arrivammo a una piazzetta abbastanza illuminata e ci sedemmo su un gradino. La temperatura era piacevole. Un uomo stava cantando *Cielito lindo*. Mi era sempre piaciuta quella canzone.

«Dunque, non avevo avuto un'allucinazione quel giorno...» mormorò Monica. «Stavo andando al laboratorio. Ero di fretta. Tra l'altro non faccio quasi mai quella strada. Passo davanti al Randolph e mi sembra di vederti seduto nella sala del tè. Ovviamente lo escludo e tiro dritto. Perché mai saresti dovuto venire a Oxford senza avvertirmi? La sensazione di averti visto, comunque, non mi lasciò. E la sera ti scrissi quel messaggio... Ricordi: "Te la spassi?". O qualcosa del genere... Non mi ero tolta del tutto dalla mente che potessi essere venuto a Oxford a scoparti lo stronzo per San Valentino. Ma mi sono detta: "No, non può essere così cretino". Si può sapere perché non l'hai mandato al diavolo dopo la seconda sera? Come hai detto che si chiama?»

«Avrei dovuto, sì. Hai ragione. E subito dopo sarei dovuto correre da te, la mia meravigliosa amica... Adrians, si chiama...»

«E la tua meravigliosa amica ti avrebbe accolto a ceffoni... Lo sai che come daddy non vali un cazzo?»

Fulvio mi contattò su Grindr intorno alle dieci di sera. Mi trovavo a Brescia per un seminario sulla traduzione dall'americano e stavo cenando al ristorante con i miei ospiti. Il profilo dichiarava ventisei anni e lui si faceva avanti con il seguente messaggio: "Sono un cucciolo smarrito che cerca il suo papà". Chiedeva di incontrarmi subito. Inviò anche alcune foto, ma, poiché non ero solo, non potei prestare l'attenzione che meritavano. Era evidente, però, anche da una rapida scorsa che si trattava di un gran bono. Sì, più bono dello stesso Adrians. Lo tenni a bada con un messaggio qualunque, che digitai di nascosto sotto il tavolo, senza troppo timore di esser notato. Rientrai in albergo intorno all'una, stanco e annoiato. Mi imposi di non controllare i messaggi. La buonanotte di Adrians, ormai, quando arrivava, mi irritava e basta. E così mi persi il messaggio che il cucciolo smarrito, del quale mi ero bell'e dimenticato, mi aveva scritto intorno a mezzanotte: "Libero adesso? Il tuo cucciolo è pronto. Corro da te al primo segnale". Lo lessi la mattina seguente, verso le sei e mezzo, dopo essermi alzato per andare in bagno. Gli risposi: "Sarà per un'altra volta". Lui rilanciò all'istante, come se fosse rimasto sveglio tutta la notte ad aspettare un mio cenno: "Per le otto posso essere da te. Oggi, per fortuna, è sabato e non devo correre al lavoro". E io: "Io, però, ho un treno alle nove e mezzo". E lui: "Ti accompagnerò io in stazione".

Gli do l'indirizzo dell'albergo e gli spiego come arrivare alla mia stanza. La giornata è buia e piovosa. Bene iniziare con una scopata, penso, anche se non c'è molto tempo. Non scendo neppure a far colazione. Mi faccio un tè con il bollitore e mi lavo. Un attimo dopo essermi vestito, alle otto in punto, sento bussare. È lui.

Sì, bonissimo! Sguardo brillante e furbo, capelli neri e folti sulla fronte, corpo compatto e agile, poco più alto di me. Ci lanciamo l'uno nelle braccia dell'altro e ci baciamo a lungo, appoggiati al muro. A fatica ci stacchiamo e ci spogliamo. Io mi allungo nel letto, lui corre a spalancare le finestre. Vuole aria e luce. Il bel rumore della pioggia invade la stanza.

Mi osserva soddisfatto.

«Sei il mio tipo ideale» mi fa con un forte accento bresciano. «Hai la faccia da maniaco, da prete. Sei un gran porco. Sei proprio il mio papà.» Accende tutte le lampade. «Voglio vedere perfettamente ogni centimetro quadrato della tua pelle. Voglio vedere tutto per poter ricordare tutto.»

Mi si butta accanto, ma qualcosa ancora non lo convince. Si rialza, accosta le finestre per attutire il rumore della pioggia, spegne una delle lampade. Torna da me. Mi lecca una delle ascelle e fa una brutta smorfia.

«Vatti a lavare subito» mi ordina. «Puzzi di deodorante da far schifo.»

Mentre mi sciacquo, mi assesta due rumorosi sberloni sulle natiche, poi si inginocchia e comincia a succhiarmi. È eccitato. Tutto mi esalta, anche la non graditissima sculacciata, che prendo per segno di una natura selvaggia.

Il ragazzo è maniacale, non c'è dubbio, tergiversa e cincischia, perché deve avere il controllo totale dell'ambiente e delle procedure, ma mi proibisco di provare fastidio o di perdere la pazienza. Anzi, mi convinco che il suo comportamento sia lodevole, perché ispirato a schiettezza e spontaneità. Torniamo a letto. Gli sollevo il bacino e gli lecco il buchetto (gran bel buchetto!) e il perineo, che ha molto sviluppato, un vero e proprio dorso montuoso, e straordinariamente sensibile, più sensibile ancora del buchetto. Per cui decido di dedicarmi a quello.

«Ancora, papà! Ancora!»

Mi implora di strofinarci sopra la barba, che per fortuna questa mattina non ho avuto il tempo di radere. Intanto gli preparo il buchetto con il dito. Controllo l'orologio. Devo sbrigarmi. Allungo il braccio al lubrificante.

Lui se ne accorge.

«No!» mi vieta con un urlo. «I lubrificanti distruggono la flora batterica.»

Infilo in fretta il preservativo ed entro con un paio di colpi. Non ci sto particolarmente comodo. Lui, tra l'altro, collabora solo fino a un certo punto. Lo stesso sono molto eccitato, più eccitato del solito, e non duro a lungo. Sentendomi eiaculare, eiacula anche lui.

«Io vengo, quando viene il mio papà» dice. «Io seguo il mio papà porco.»

Mi levo e faccio per vestirmi. Mi chiede di allungarmi vicino a lui e di abbracciarlo, anche solo per un momento.

«Non fare come tutti, che vogliono andarsene subito.»

Restiamo lì stretti stretti per un po', ascoltando la pioggia.

Mentre mi porta alla stazione, mi tiene la destra sulla gamba, come se non volesse lasciar morire l'intimità che avevamo creato in camera.

«Sei sposato?» mi chiede.

Gli dico di Alex.

«Sei fortunato. Io non vivrò mai con nessuno che mi ami...»

«Sei giovane, hai ancora tempo...»

«Ho già trentacinque anni, anche se ne dimostro dieci di meno. Vero? Dimmi che ci eri cascato.»

«In effetti, sì.»

«Io sono un cucciolo. E cerco il mio papà, e voglio dormirgli appiccicato addosso tutta la notte, che deve svegliarsi con la schiena rotta... Ci ho provato con una ragazza. Ma le femmine sono tremende... Sai che rompo con tutti? Al lavoro, nella vita, in famiglia... Non mi sopportano. Sono troppo sincero... Sono un solitario. Nessuno mi vuole e io non voglio nessuno. Da un anno mi sono ritirato in campagna, nella Val Trompia, non lontano dal paese dove sono nato. Da Brescia sono scappato. Ci ho vissuto i dieci anni peggiori della mia vita. La città mi fa schifo, qualunque città, anche una città piccola come Brescia, che non è niente in confronto a Milano o a Roma.»

Mi racconta che ha comprato una casona antica con un bel pezzo di terra, di cui si prende cura insieme a un amico, e mangia quello che coltiva. Prima o poi, massimo dieci anni, manderà al diavolo la banca e riuscirà a campare solo di agricoltura. Prenderà anche galline e vacche.

Tra un semaforo e l'altro sbraita contro il consumismo, contro l'inquinamento, contro i cellulari, contro le mode, contro gli affitti, contro i mutui, contro i profumi artificiali, contro i prodotti di bellezza... Il suo accento bresciano dà un curioso sussiego alle parole. Quanta convinzione! Io, al confronto, sono uno che non ha assolutamente capito come gira il mondo. Vado ancora al supermercato a comprare le verdure e il resto, mi metto deodoranti e creme idratanti, e mi rendo conto solo fino a un certo punto della cospirazione finanziaria di cui tutti siamo vittime. In pratica, mi faccio fregare e sto zitto. Neanche il buon senso di Alex, bravissimo economo (abbonato ad *Altro consumo*!) e astuto decostruttore di qualunque campagna pubblicitaria, era riuscito a migliorarmi. Lui, d'altra parte, aveva sempre permesso che io facessi la spesa alla mia maniera – salvo poi ridere dei miei inutili dispendi.

Non mi è chiaro quanto Fulvio abbia effettivamente riflettuto sulle questioni che tira fuori o se gli argomenti glieli fornisca solo un generico e generalizzante malumore. Lo ascolto, però, con interesse, anche con ammirazione, perché è pieno di energia. E si esprime in un linguaggio tutt'altro che banale. Usa un vocabolario preciso ed efficace, e collega le frasi musicalmente. Mi complimento.

«Io ero bravo a scuola» si vanta. «Scrivevo ottimi temi. E mi piacevano i romanzi. Ero l'unico dei miei compagni che leggesse qualcosa. Mi piacevano gli aforismi di Oscar Wilde... Mi piacevano perfino *I promessi sposi*! Forse avrei dovuto fare un liceo. Invece, mi sono diplomato da ragioniere. Dopo ho frequentato due anni di legge. Ho dato solo un paio d'esami. Non la sopportavo, l'università. Non mi piacciono le gabbie. Però sarei stato un ottimo avvocato. E tu?»

«Io faccio il traduttore... Traduco romanzi americani...»

Vi ricordate come reagì Adrians a questa notizia?

Fulvio reagì da Fulvio, cioè con una predica, in inglese:

«Promise you will stop using deodorants. Isn't water enough? Se vengo con te, è perché voglio te, non un tuo sostituto olfattivo. I want your smell. But people are hypocritical and want everybody to be hypocritical. Hypocrisy starts from the nose... Come vado? Faccio errori?»

«Sei bravissimo.»

«Mi insegnerai a parlare meglio?»

«Certo.»

«Mi aiuterai a scrivere il mio libro? Voglio raccontare la campagna. Nessuno sa niente della campagna...»

«Bell'idea» approvo, nonostante io non sia tipo da campagna.

Siamo arrivati alla stazione.

Si guarda intorno per assicurarsi che non ci siano testimoni e mi dà un bacio sulle labbra. E mi soffia in un orecchio:

«Ah, volevo dirti che io non sono passivo. Con te, però, mi è piaciuto fare un'eccezione. Con il mio papà porco farò sempre un'eccezione, da bravo cucciolo obbediente.»

Scesi a Rimini intorno alla metà di maggio per una prova. Alla stazione venne a prendermi Alessio, il capocameriere, un omone stempiato e baffuto sulla quarantina, dall'aria incazzata. Mi fece subito pensare a Nietzsche. Non appena mi identificò, appallottolò il foglio che portava il mio nome in stampatello e se lo ficcò in una tasca della giacca. Gli domandai dove fosse il signor Fabrizio.

«Sta pranzando con la sua famiglia» rispose in malo modo, come se avesse avvertito nella mia domanda una pretesa insopportabile.

Ero deluso. Durante il viaggio non avevo fatto che immaginare come avrei reagito rivedendolo.

Dissi al capocameriere che assomigliava a Nietzsche.

«Chi?»

«Un filosofo tedesco.»

«La filosofia è roba da finocchi.»

Lo seguii alla macchina, deciso a non aprir più bocca. A lui, però, neanche questo andava bene.

«Be'? Non mi chiedi niente? Sai già tutto? Te l'hanno detto che il bar lo mando avanti io? La sera, quando il Dottore conta i soldi, di chi credi che sia l'incasso più alto? Io sono in grado di servire i clienti anche in inglese. Dove lo trovi un altro così? Dimmelo, avanti... Tu lo sai, l'inglese?»

«Abbastanza.»

«Allora spiegami una cosa... Nelle interrogative si usa *any* o *some*?»

E io, convinto che almeno questa volta non avrebbe potuto darmi contro:

«*Some*.»

Lui storse la bocca, sempre guardando dritto.

«E tu sapresti l'inglese? Che cosa diavolo ci andate a fare a scuola? Io le cose le ho imparate da solo! E il Dottore si ostina a mettermi tra i piedi marmocchi come te!»

«Dipende...» cercai di riprendermi. «Ci sono casi in cui si può usare anche *any*, se la domanda ha un'intonazione vagamente negativa...»

«Per esempio?» incalzò per contestarmi una volta di più.

Mi ricordava mio padre. "Al diavolo!" dissi tra me e me.

«Poveri noi...»

Al bar mi ficcò in mano uno straccetto umido.

«Pulisci i tavoli» mi ordinò.

E sparì dietro la porta del magazzino, anzi, del *magazzeno*, come diceva lui.

Quando ebbi finito, lo chiamai per mostrargli il mio lavoro. Si abbassò fin quasi a toccare con la guancia la superficie del tavolino.

«Lo straccetto va strizzato, o lo sporco non viene via. Da capo!»

Mi rimisi all'opera. Quando, dopo vari controlli, dovette riconoscere che finalmente me l'ero cavata, avvampò di rabbia. Mi spintonò fino al cortile e lì mi ordinò di liberare il tombino dalle foglie. Si aspettava che sollevassi la grata e a mani nude tirassi su lo sporco. Il solo pensiero mi dava il vomito. Mi piegai ugualmente, ma la grata, per quanto tirassi, non si staccava. Sbuffando, si mise a tirare lui. Lo sforzo gli colorò la faccia di chiazze viola. Anche lui faceva fatica, ma, grande e grosso com'era, a furia di dai e dai, la spuntò.

«Avanti, signorina!» ansimò. «Tira su tutto.»

E sotto i suoi occhi furibondi calai le braccia nei liquami del tombino.

Terminato il più in fretta possibile anche questo supplizio, mi lavai alla bell'e meglio con la canna e bevvi lunghe sorsate, che furono il mio pranzo e la mia merenda. E non era ancora finita. Mi toccò pure impilare decine di cassette vuote in un angolo del magazzino.

Guardandomi da dietro abbassarmi e rialzarmi, commentò:

«Hai un bel culo.»

Anche quel complimento gli uscì dalla bocca come un insulto.

Arrivai a Milano stanco morto la sera tardi; e affamato come un lupo. Dissi a mio padre che non avevo nessuna intenzione di lavorare al bar del Dottore. Lui non volle sentir ragione.

«Io alla tua età ero già in Francia» brontolò.

Feci l'esame di maturità, diedi il cazzo a Luigi per un'ultima volta e partii nuovamente per Rimini. Questa volta alla stazione venne a prendermi il Dottore. Tirai un sospiro di sollievo vedendolo fermo là, sul binario, alla luce del sole, che mi cercava con gli occhi. Però, mi sembrava un altro, uno qualsiasi, non quello che mi aveva fatto scappare sotto le coperte per la vergogna. "Non mi piace più" pensai a malincuore.

«Ben arrivato» mi disse, sfilandomi la valigia di mano.

«Grazie, signor Fabrizio.»

E lui, con un sorrisino:

«Chiamami solo Fabrizio e dammi del tu. E impara a non ringraziarmi troppo, *mon petit*!»

Mi portò a casa sua e ritornò subito al lavoro.

Mara, sua moglie, mi aspettava davanti al cancello. Mi servì un caffè freddo in giardino e mi portò a vedere la mia stanza, che occupava metà dell'ultimo piano. Dalla grande finestra vedevo i tetti del centro e il ponte di Tiberio. Avevo anche un bagno tutto per me. Disfeci la valigia e scesi per il pranzo. Trovai un piatto di spaghetti, una cotoletta impanata e fritta e una fettona di anguria. Lei aveva già mangiato, ma mi rimase accanto. Mi guardava masticare, grattandosi il mento lucido, unto, che, nonostante fosse già sulla quarantina, aveva ancora punteggiato di brufoli, con l'aria di rimuginare chissà che cosa. Non mi fece nessuna domanda, né su di me né sui miei. Se ricambiavo lo sguardo, lei si girava dall'altra parte, come se l'avesse attirata qualcosa di insolitamente importante. Anche il piccolo Teo, che aveva da poco compiuto un anno, non mi tolse un istante gli occhi di dosso. Ogni tanto gli sorridevo, ma lui sembrava non accorgersene.

«Non gli sfugge niente» disse la madre, quando mi portò il caffè. «Come a me.»

Fulvio mi telefonò poco dopo avermi lasciato alla stazione.

«Non riesco a togliermi dalla testa i tuoi baci. Tu usi la lingua da dio, sei un papà meraviglioso.»

Tagliai corto, perché ero già seduto nel vagone affollato. Subito dopo mi inviò una sfilza di fotografie. "Ci risiamo" pensai. "Un altro Adrians." Le foto di Fulvio, per lo meno, non erano selfie. Doveva avergliele fatte un amico o un amante. Alcune risalivano chiaramente a diversi anni prima, quando davvero si poteva definire un cucciolo, appena ventenne, avrei detto. Quasi non si riconosceva. Aveva i capelli più corti e uno sguardo limpido e distaccato, che ormai non esisteva più. In quelle in cui dimostra più anni, è il ritratto stesso della sensualità e del vigore giovanile. Qui siede su uno spuntone di roccia, con i calzoncini corti, gli scarponi e lo zaino. Qui è immerso fino alla vita nell'acqua di un fiume, a braccia alzate subito dopo aver lanciato una grossa pietra, che vola come una palla di gomma verso il bordo sinistro della foto; qui si abbassa il costume, mostrando i peli del pube e l'attaccatura del cazzo e mordendosi il labbro inferiore. Qui è intento a cambiare una ruota dell'automobile. Qui è alla guida di un trattore, nel mezzo di un campo vuoto. Qui rastrella il suolo a torso nudo. Qui appare accanto a una donna, che non si capisce se sia la madre o una sorella o un'amica più vecchia.

In alcune porta la barba, che gli dà un'aria arrapante. Ha muscoli da eroe, forti, proporzionati alla sua altezza, morbidi, come li modella un'esistenza che si muove nell'acqua e tra le pietre ed esercita la sua forza sulle forze della terra. Non potei non pensare che quei muscoli li avevo avuti per le mani meno di mezz'ora prima e che questo capolavoro di cucciolo (cucciolo nonostante l'età) fosse decisamente più fico di Adrians, il cui corpo era l'invenzione di un artificioso, ossessivo programma di potenziamento fisico.

Gli chiesi chi fosse la donna della fotografia. Disse che era sua madre. Strano che me l'avesse voluta mostrare. Stava cercando di ricomporre attraverso i miei occhi la dispersa famiglia? "Sarà fiera di un bel figlio come te" commentai. Risposta: "Non proprio".

Passai il pomeriggio a riguardare quelle foto, studiandole molto più attentamente di quanto non avessi studiato quelle di Adrians, e a ricordare ogni attimo dell'incontro, compreso il suono della pioggia, compresa la chiacchierata che avevamo fatto in macchina, compresa la sua mano sulla mia gamba, compreso il tenero bacio finale. Verso le undici di sera mi mandò un WhatsApp: "Devo parlarti di una cosa importante. Posso chiamarti?".

Un attimo dopo mi squillava il cellulare. La cosa importante di cui doveva parlarmi era che *stava già con un papà*. Un po' rimasi sorpreso, perché in macchina mi sembrava che avesse detto in modo inequivocabile di non avere storie – di non volerne più e di non poterne più avere. Inoltre, la disponibilità che mi aveva dimostrato, se era disponibilità, portava a credere che non fosse già impegnato.

«Hai capito chi è?»

A questo punto non era difficile indovinare.

«Sarà l'amico che ti aiuta in campagna.»

L'aveva evocato *en passant*, ma non vedevo alternative.

«Credimi, è un bravissimo uomo» si affrettò a rassicurarmi. «Mi dà veramente una grossa mano. E mi vuole molto bene.

Il problema è che antepone i figli a tutto, e questo mi avvilisce. Dovrebbe mettere sé stesso al primo posto. Dalla moglie, almeno, si è separato. Ormai è cinque anni che mi tiene in ballo e io sto perdendo la pazienza. Tra un po' gli darò l'ultimatum: o vieni a vivere con me o la finiamo qui. A te, perciò, non posso fare promesse. Io voglio stare con Franco, finché resisto. Lo devi sapere. Se questa situazione non ti dispiace troppo, io e te possiamo incontrarci ogni tanto. A Brescia o anche da me durante la settimana. Dovunque vorrai. Anche sul lago d'Iseo, che è stupendo. Tu mi piaci da morire. Non mi era mai capitato un papà che mi piacesse così. Oggi avevo in mente solo te. Mentre scopavo con Franco, ero ancora con te, in quella stanza d'albergo. Che bello quando mi hai aperto la porta! Nessuno mi aveva mai baciato così in trentacinque anni! Franco mi abbracciava e io mi sentivo ancora con te.»

«Sarò felice di diventare il tuo amante» dissi tranquillamente, perfino sollevato.

«Che diavolo di parole usi! *Amante* è una parola che mi dà il voltastomaco!»

«D'accordo, d'accordo... Intendevo dire che ci vedremo tutte le volte che ti andrà.»

«Magari!» disse, già placato. «E intanto sarai sempre il mio papi superporco? Il papà assatanato di sesso?»

«Sì. Ci rivediamo presto?»

«Magari!»

Non avevo mai sentito pronunciare quell'avverbio con tanta soave vaghezza e al tempo stesso con tanta malinconia.

«Ho sempre sognato un daddy da amare e che mi ami in modo malato. Lo sai che hai uno sguardo perverso?»

Non lo sapevo.

«E la prossima volta mi sborrerai nel culo senza preservativo? Non l'ho mai chiesto a nessuno. Io voglio che mi leghi e mi faccia tutto quello che ti andrà di farmi; che mi gratti i capezzoli con la barba e poi, quando sto impazzendo di piacere, me lo ficchi in bocca...»

Mi chiese di fotografarmi il cazzo e di mandargli la foto. Spostammo la chiacchierata su WhatsApp. E tra selfie anatomici, frasi scritte e messaggi vocali, in cui ci ordinavamo l'un l'altro la prossima porcata da commettere, passammo insieme gran parte della notte. Io eiaculai due volte, lui tre. Ed era già venuto una volta la mattina con me in albergo e presumibilmente almeno una volta con Franco nel pomeriggio! Questo avrebbe dovuto mettermi sul chi va là. E invece già sognavo il prossimo incontro.

Attaccavo a lavorare alle otto del mattino. A quell'ora io ero ancora mezzo addormentato, perché non riposavo abbastanza la notte. Neanche Fabrizio, in verità, ma lui era sempre vigile, in qualunque momento della giornata. Salivamo in macchina e partivamo per il bar. Dopo una decina di minuti ci fermavamo a tirar su la Rossana, l'addetta alle piade, una veterana, che lavorava lì già prima che arrivasse Fabrizio.* Mai che si facesse trovare già all'angolo. A volte l'aspettavamo anche un quarto d'ora. La cosa mi dava un fastidio enorme, perché quel tempo io l'avrei potuto trascorrere a letto. Fabrizio, invece, non sembrava per nulla contrariato. Intanto continuava a riassumermi qualche trama d'opera o a canticchiare un'aria di Puccini. Solo quando la vedevo comparire, mi spostavo sul sedile posteriore, scavalcando lo schienale di quello anteriore, essendo scontato che a lei, chiunque si trovasse nella macchina, toccasse il privilegio di stare accanto all'autista. Me, manco mi salutava.

Era pazza di Fabrizio. Sarebbe stato chiaro anche alla persona più distratta. Gli appoggiava la mano sulla gamba e ce

* L'articolo, a Rimini, era normale davanti al nome delle donne. Solo la moglie di Fabrizio era Mara, forse perché veniva da fuori.

la lasciava per tutto il tragitto. Si lamentava immancabilmente dei più giovani, in particolare della Lorena, che l'assisteva alle piade, e rimproverava Fabrizio di essere troppo buono. Si comportava come se io non ci fossi. O forse proprio la mia presenza la incitava a comportarsi con tanta boria. Mi era antipatica quasi quanto Alessio. Tra l'altro, la trovavo proprio brutta. Dovevo, però, riconoscere che aveva una delle chiome più belle che avessi mai visto, bionda, lunga, riccioluta, così abbondante da riempire metà dell'abitacolo. Nel bar avrebbe dovuto tenerla raccolta in una cuffia, come prescriveva il regolamento. Ma lei del regolamento se ne infischiava. Non le importava niente che i suoi capelli potessero finire in bocca alle persone. Una mattina ne estrassi uno dalla zuccheriera, che brillava come un filo d'oro nella neve. Lo arrotolai e me lo riposi nel portafoglio. L'amore delle chiome femminili che avevo nutrito da bambino non mi era ancora passato, e non si annullava neppure quando la bella chioma apparteneva a una donna sgradevole come la Rossana.

Della decina di giovani stagionali io ero quello delle pulizie, il "mozzo", come mi chiamava Alessio davanti a tutti. Almeno usava la gentilezza di chiamarmi "signorina" solo a tu per tu. A me spettavano il lavaggio delle taniche del latte, la rimozione della spazzatura, la pulizia dei tavoli, dei pavimenti e del banco delle birre alla spina. Io avrei preferito lavorare nello stanzino delle piade. La Rossana, però, non mi voleva vicino. Fabrizio, per risollevarmi il morale, mi assicurava che fare le pulizie era il compito più importante che si potesse svolgere in un bar.

«Il mozzo» diceva, trasformando l'insopportabile soprannome in una citazione ironica, «è l'essere più incantevole della nave. Tutti lo amano, anche se lo ignorano o lo maltrattano. Fanno finta! E poi quel nome contiene due "z", come la più scostumata, la più adorabile delle parole italiane.»

Lui si divideva tra la cassa e il banco. Alla cassa si annoiava, perché la battitura degli scontrini non era attività sufficientemente melodrammatica, nonostante le sue dita, alzandosi e abbassandosi, ci mettessero un certo impegno a comporre teatrali arabeschi nell'aria. Sulla pedana, invece, poteva muoversi avanti e indietro, girarsi e rigirarsi. E cantare! Da un mangiacassette, acquattato tra le bottiglie degli alcolici, si diffondeva la musica dell'adorato Puccini, bassissima, quasi inudibile per gli altri, o la solita frase della *Carmen*, che aveva cantato anche a casa nostra. Uno si accorgeva che Fabrizio cantava solo osservando le sue labbra. Intanto serviva i clienti e preparava gli ordini dei camerieri. Meticoloso, delicato, amante dell'ordine e del lindore, non sprecava un gesto. Era sempre affaccendato, ma mai frettoloso o in affanno, neppure quando il banco era preso d'assedio. Nei momenti in cui non c'erano clienti, sistemava le tazzine e i bicchieri nella lavastoviglie, disponeva quelli appena lavati, ancora tiepidi, in un'ultima fila, dove avrebbero avuto il tempo di raffreddarsi prima di venire utilizzati, sbucciava e spremeva i limoni con la punta di tutte e cinque le dita, svuotava il cestino delle bucce. Se si accorgeva che lo stavo guardando, mi lanciava un rapido, rapidissimo occhiolino. Sceso dalla pedana per andare in bagno o per sostituire la Germana (altra veterana) alla cassa, camminava lento, in modo studiato, impersonando chissà quale eroe (o eroina) dell'opera, e intanto voltava la testa a destra e a sinistra per controllare le mie reazioni. Si pavoneggiava e al tempo stesso sembrava voler irridere a tutti i vanitosi della storia umana.

Alle dodici e trenta io mi ritiravo nel cortile per il pranzo, tra le cassette dei vuoti e i sacchi dell'immondizia. Secondo il contratto mi spettavano una piadina, una bevanda e un caffè. La piadina me la preparava la stessa Rossana, più piccola del normale, poco cotta, spalmata di un velo di formaggio fuso. Mai un filo di prosciutto, perché il prosciutto costava troppo. Manco dovesse pagarlo lei di tasca sua. A me, comunque, quel trattamento miserabile faceva torto solo fino a un certo punto, perché più che mangiare mi importava mettermi finalmente a sedere. Durante le ore di servizio, infatti, nessuno degli stagionali aveva il permesso di posare le chiappe su alcuna superficie. Proibito anche appoggiarsi a una parete, a una porta o a un palo. Se cedevi alla tentazione, immediatamente interveniva la voce di Alessio:

«Tìrati sù, rammollito!»

Non avevo previsto che il fastidio maggiore di quel lavoro sarebbe stato il mal di piedi.

«Ehi, *signorina*, non vai al mare?» mi sfotteva quel verme, vedendomi seduto su una cassetta dell'acqua minerale. «Aspetti che ti ci porti in spalla il Dottore? Ti piacerebbe, eh?»

Un paio di volte, nonostante la voglia di starmene a riposare, ci andai solo per far dispetto a lui.

Al bar il mio unico amico era Silvio, che aveva due o tre anni più di me. Era un bel ragazzo moro, inconsapevole delle sue attrattive (o così mi pareva), cordiale e saggio. Lavorava lì già da tre anni. Benché stagionale pure lui, era rispettato e lodato da tutti. Se lui si fosse seduto, Alessio non avrebbe avuto da ridire. Chissà perché, mi domandavo. Lui, però, non si sedeva mai, perché era rispettoso del regolamento. D'inverno viveva a Bologna, dove studiava farmacia. Al bar serviva ai tavoli, faceva i toast, dava una mano al barista e provvedeva al rifornimento del magazzino. Non avevamo molto in comune (in realtà, qualcosa in comune l'avevamo, ma questo lo avrei scoperto molto dopo). Eppure, ci eravamo simpatici.

Le prime parole che mi rivolse, avendomi sorpreso a fissare Fabrizio, furono:

«*Tu quoque...*»

Probabilmente aveva appreso quella citazione latina dallo stesso Fabrizio. Finsi di non capire.

«Da quell'uomo non ci si salva» tradusse. «Chi non è stato innamorato di Fabrizio almeno per un'ora?»

Esclusi che lui *quoque* ci fosse cascato, perché lui non aveva l'aria di essere attratto dagli uomini. A quel punto non mi sembrò assurdo domandargli se Fabrizio e la Rossana avessero una storia o se l'avessero avuta. Disse che sicuramente c'era stato qualcosa tra loro prima che lei si sposasse. Neanche a lui quella donna andava a genio, perché si comportava da padrona. Di Alessio, invece, non pensava male. Lo considerava solo un po' antiquato e troppo rigido; e un tantino crudele con i nuovi stagionali. Secondo lui, però, non potevo pretendere che ci trattasse da pari. Del bar era stato a lungo lui il padrone. Le cose, purtroppo, gli erano andate male ed era arrivato quasi sull'orlo del fallimento, finché non era subentrato Fabrizio. Ci aveva rimesso un mucchio di soldi, ma almeno aveva tenuto il lavoro. Inoltre, la moglie l'aveva lasciato. Bisognava capirlo, no?

Il nostro *idillio*, come lo chiamò Fulvio in un WhatsApp, mi ripagava di tutti gli squallori che mi aveva inflitto Adrians. Adesso vedevo chiaramente tutta la sua ingenerosità; la sua ostinata dedizione a negarmi qualunque dono. Il suo vergognoso egoismo. Era proprio vero che non mi doveva niente, come credeva lui? No, non lo era affatto. Tutti devono qualcosa a qualcuno, e non perché abbiano già ricevuto qualcos'altro. Tutti devono qualcosa a qualcuno ancor prima di ricevere. O come si farebbe a esistere? Non mi piaceva sentirmi in credito. Sentirsi in credito è l'opposto dell'amore. Già avevo smesso di amarlo e adesso desideravo non averlo mai amato.

Con Fulvio, come ho già detto, non durò che due settimane, se escludiamo i sempre più radi contatti dei mesi successivi. Eppure, quei soli quattordici giorni – esaltanti, rigeneranti, colmi di fantasie e di spropositi – equivalsero a una storia. E Adrians, per quanto insistesse a tenersi in contatto con me attraverso selfie e frasi da niente, smise di rappresentare l'Amore. Di lui manco il nome dissi a Fulvio. Che diversità tra i loro modi di comunicare! L'attizzante cucciolo della Val Trompia in confronto al bambolone lèttone incarnava la Letteratura. Era creativo, vario, portato alla metafora. Era nostalgico e affettuoso. Da che altro nasce la Letteratura se non dalla nostalgia e dall'affetto? Mi chiamava "meraviglia", "sogno", "bono", "tesorone", "gorillone". L'emoji del gorilla (🦍) era uno dei suoi preferiti, insieme a quello dell'indice alzato (☝☝), con cui sottolineava l'importanza delle sue asserzioni. E alle mie foto scriveva: "Stai da dio", "Bellissimo", "Hai due labbra stupende", "Hai due coglioni mitici; li voglio in bocca, li voglio sulla testa", "Troppo sexy", "La barba di papà mi manda fuori", "Mi fai impazzire", "Quell'argento signorile nei capelli è arrapante", "Sei un giardino fiorito"... Probabilmente non credeva a una sola delle parole che mi scriveva, o ci credeva mentre le scriveva e poi se le dimenticava subito (come succede a tutti quelli che tendono alla Letteratura). Di sicuro, però, credeva nell'illusione di un amore sublime, di una corrispondenza perfetta tra due uomini, che per lui si esprimeva nel desiderio di un papà del tutto dedito al suo bambino; di un affetto in cui "si diventa una cosa sola".

La mia carriera di daddy con lui, attraverso il nostro scambio quotidiano di messaggi, toccò lo zenit. Anche lui mi spersonalizzò, come tutti, più di tutti, credo (e la nostra corrispondenza e il nostro secondo incontro, del quale presto dirò, saranno sempre lì a dimostrarlo), ma la maschera che mi applicò sul viso era sbalzata con raffinatezza d'orefice. Ogni mattina si aspettava che gli mandassi una o più foto. Lui immagini di sé, invece, non ne mandava. Aveva mandato solo quelle il primo giorno, e poi più niente. Pretendeva di seguire passo passo la crescita della mia barba. "Meraviglia" scriveva. "Sei un papi così sexy." "Sei tutto testosterone." "Me lo fai venire duro." Mi voleva meno curato. "Sarai perfetto quando sarai un po' *mostro*." "Ti voglio scimmione." E giù emoji del gorilla. "Se papi si rasa, mi metto a piangere e scappo." Frasi così Adrians non avrebbe mai potuto concepirle. Gli mancava la libertà dell'invenzione; gli mancava l'intelligenza che conferisce una simile libertà. Per linguaggio aveva solo il suo corpo, che invano, e con suo stesso danno, tentava di estendere con la palestra e con l'ingestione di troppo cibo.

Io cercavo di fotografarmi nelle condizioni di luce più favorevoli. Mi vedevo, specie la mattina, bruttissimo. E Fulvio, se le occhiaie non erano abbastanza pronunciate o le rughe non abbastanza profonde, mi chiedeva di rifarmi la foto. E, quando finalmente gli mandavo il ritratto per me meno lusinghiero, smetteva di tampinarmi. "Ora sì." Scriveva anche: "Hai smesso di usare il sapone e la crema antirughe?". "Hai buttato nel bidone il deodorante?" "Ti voglio al naturale."

Lì per lì non mi venne il sospetto che si prendesse gioco di me. Mi lasciavo catturare dai suoi capricci; mi piaceva piacergli, o credere di piacergli. Oltre che per la mia barba, sembrava avere un debole per i miei occhi. "Cazzo che occhi, però! Non devi più coprirli con gli occhiali", "Hai lo sguardo più sexy del mondo", "Un daddy selvaggio con lo sguardo perverso e poco rassicurante", "Mi sego immaginando che mi guardi". Sosteneva di capirmi, di conoscermi da sempre, perché un papà così lo aspettava da sempre. Diceva che ero un vero uomo, perché avevo conosciuto il vero amore, e l'avevo saputo dare. "Tu sei pieno di valori. Oggi niente vale niente. Tutti egoisti ed egocentrici. Tu, invece, hai amato una persona fino alle fine e questo non me lo tolgo dalla testa. Hai vissuto da vero uomo. E la tua vita è stata utile."

Era attratto da me anche perché, a suo dire, ero giocherellone, solare e svelto. Adesso erano tutti lenti e rincoglioniti, i giovani così come quelli della mia età. Ci fossi stato io al posto di suo padre!

Scriveva con molta cura, attento a non fare errori, e se ne faceva, si correggeva immediatamente e chiedeva scusa. Voleva che fossi fiero di lui: "Ci tengo tanto al giudizio di papi. Sei apparso nella mia vita perché io ti obbedisca e mi sottometta a te". Pazienza se frasi così le aveva già scritte o dette a cento altri... A me nessuno le aveva ancora dette, o almeno non con quella passione.

Mitizzava e comicizzava tutto. Voleva comprarmi un marsupio di pelle perché lo portassi ovunque con me: "Mi porterai anche al lavoro e dirai ai colleghi incuriositi: Questo è il mio cucciolo". Si presentava immancabilmente come il figlio arrendevole e bisognoso di guida: "Io mi abbandono, so abbandonarmi... Io mi faccio fare tutto quello che desideri... Voglio sentirmi completamente e inesorabilmente tuo". "Mi piace molto essere dominato e anche un po' sottomesso dal daddy. Tutto per lui. Pendo dalle labbra del daddy." Amava l'iperbole e la variazione: "Non mi piaci rasato. La rasatura ti invecchia, ti rettilizza, ti chemioterapizza". Mi faceva il nido sulla testa o si appollaiava sulla mia pancia lanuta, mentre russavo sotto un baobab. Mi voleva territoriale, possessivo, punitivo, ma anche dolce e accomodante come mi ero dimostrato nella camera dell'albergo bresciano. E improvvisava piccole storie, che scriveva rapidissimo, prendendo spunto da un appellativo o da una metafora che ci fossimo scambiati. In tutte lo portavo lontano, lo rapivo, via dall'inferno della famiglia. E lo rimettevo in riga, perché ne aveva un gran bisogno; gli insegnavo con le cattive che doveva ubbidirmi, e lui si arrendeva piano piano, rilassava tutti i muscoli, il buchetto gli si allargava, cedeva e, alla fine, vedeva che papà lo faceva per il suo bene, che lo voleva tenere con sé e temeva che le ragazze glielo potessero strappare; e alla fine gli "staccava la bocca dal membro" (anche queste parole sue) e gliela baciava con ardore. E allora lui si addormentava sulla sua spalla, appiccicato a lui. "Quando mi allontano, papà mi sculaccia e mi castiga e poi mi bacia per farmi capire quanto mi vuole bene e che cosa conta veramente."

Arrivava al garbuglio baroccheggiante: "Troppo libero come sono io, per il quale la libertà diventa una prigione, potrei sentirmi libero nella tua prigione". Né gli mancavano i riferimenti filosofici: "Nietzsche diceva che ci deve essere un caos dentro di te perché possa nascere una stella danzante, e io ho avuto la famiglia giusta che ha provocato un caos enorme. Forse, non l'avessi avuta, sarei rincoglionito come tutti gli altri". Poi modernizzava di colpo: "Sono rock. E se il rock ti sceglie, non puoi far altro che rotolare". E di colpo regrediva all'elegia: "E, quando si inizia a rotolare, non è facile fermarsi. Però ci proverò". Sognava di morire con papi in un incidente stradale o di smarrirsi per sempre in un bosco, pendendogli dal collo. "Voglio sempre stare abbarbicato a te, come un koala al suo albero." E, sì, finivamo a vivere in cima a un albero. E la gente, che era accorsa per portarmelo via, ammirava il nostro amore. All'inizio naturalmente facevamo scandalo, ma a un certo punto la forza misteriosa che ci univa convinceva tutti, e ci lasciavano vivere in pace, fusi l'uno nell'altro. "Mi piace che tu diventi il mio tutto: mio padre, mio marito e chiunque tu voglia essere."

Anch'io inventavo storie, mi trasformavo in questo e quest'altro animale; con le variazioni delle nostre forme creavo un vero e proprio zoo. E guai a chi osava toccare il mio bambino, o anche guardarlo solo un secondo di troppo. Lui era solo del suo papà, del suo papà-scimmione. Vedevo il mio cucciolo trascinato dalla corrente, tra i coccodrilli, e mi buttavo nei gorghi per salvarlo. Oppure mi svegliavo in una rete abbracciato a lui. Gli dicevo anche che ero pazzo di lui, che era magnifico, che era disobbediente e luminoso, che mi aveva ridato la voglia di vivere; che lo toccavo e lo baciavo; che ero venuto per proteggerlo.

A casa tornavo con l'autobus, perché Fabrizio si tratteneva al bar ancora due o tre ore. Mara, senza neanche darmi il tempo di sciacquarmi la faccia, attaccava a parlarmi della madre e delle sorelle e di altre cose che non mi interessavano minimamente. Aveva conosciuto Fabrizio al bar della stazione di Napoli, che lui aveva gestito per un paio d'anni. Lei ci lavorava come cassiera. E ora eccola qui, con un figlio.

«È un bell'uomo, Fabrizio» mi sfuggì.

«Qualche anno fa era meglio» si lamentò lei. «Qualche anno fa tutto era meglio.»

Finita la cena, ci stendevamo sulle chaise longue del giardino. Teo, sempre molto guardingo, stava nel porte-enfant e sbatacchiava le farfalle di plastica che gli pendevano davanti. Io avrei preferito rinchiudermi in camera a leggere, ma Mara mi chiedeva di restare finché lui non si fosse addormentato.

Fabrizio rientrava verso le dieci. A lei non dava neanche un bacio. Le consegnava la mazzetta dell'incasso giornaliero e domandava ritualmente:

«Si comportano bene, *les petits*?»

Neppure al figlio si avvicinava, come se fosse incapace di avere contatti fisici con i suoi familiari. Era anche raro che lo nominasse, almeno in mia presenza. Ricordo solo che una volta mi disse – e la cosa mi colpì particolarmente perché tra noi non era ancora successo nulla – che Teo, piccino com'era, prometteva già un bel cazzone.

Certe sere ero troppo stanco per dare retta a Mara. Fatta la doccia, mi addormentavo di colpo. Mi svegliava nel mezzo della notte la fame. Mi rivestivo e in cucina trovavo il piatto di pasta e la carne che lei mi aveva lasciato da parte. A quel punto il sonno mi passava. Tornavo in camera e mi mettevo a leggere. Oltre ai romanzi che mi ero portato da Milano, avevo a disposizione anche una collana di classici dell'erotismo, che il padrone di casa aveva avuto la premura di impilare sul mio tavolino da notte. Trovai sia libri celebri come *Histoire d'O*, *Fanny Hill*, *L'amante di Lady Chatterley* o i capolavori del Marchese sia storielle pornografiche di autore ignoto, messe insieme in uno stile pomposo, tutto aggettivi sdruccioli ("turgido", "madido", "rorido", "rigido", "livido", "ruvido", "umido", "viscido" ecc.) e metafore iperboliche ("verga", "alabarda", "spranga", "fiocina", "grilletto" ecc.), alle quali andava senz'altro la mia preferenza perché, oltre ad arraparmi, mi facevano morir dal ridere.

Fabrizio mangiava sempre da solo, davanti allo stereo, con le cuffie in testa. Ogni tanto lo si sentiva canticchiare un'aria in falsetto. Una volta, prima che cominciasse a fermarsi in camera mia, scesi in salotto e lo trovai lì, seduto per terra, nella semioscurità, con gli occhi lustri. Si accorse della mia presenza, ma non cercò di nascondere la commozione. Mi chiese di avvicinarmi. Si tolse le cuffie e me le sistemò in testa:

Tu, tu, Piccolo Iddio!
Amore, amore mio,
fior di giglio e di rosa.

Per lui quelle erano le parole più dolci che fossero mai state pronunciate.

La fantasia non escludeva la realtà. E il bello era proprio questo. Fulvio saltava dalla favola alla cronaca tutt'a un tratto, in una specie di schizofrenica intermittenza. Dunque, non esistevano solo il papà gorillone e il suo bambino adorato, ma esisteva anche il Fulvio in carne e ossa con le sue attività rurali, che lui era fiero di condividere con me. Un giorno aveva tagliato l'erba, un altro aveva raccolto i fiori di sambuco per fare il liquore, un altro aveva pulito il fienile, un altro aveva sistemato i paletti per i pomodori, un altro aveva piantato la cicoria. E lì io non entravo. Se provavo a confondere le due dimensioni dicendo, per esempio, "quanto mi piacerebbe stendermi in quei solchi con te", non trovavo ascolto.

Mi parlava anche dei suoi. Il padre se n'era andato quando lui aveva poco più di dodici anni e la madre aveva continuato a scegliersi uomini sbagliati. Del suo fascino sessuale era consapevole fin da quando era piccolo. Il prete se lo voleva scopare; e così il vicino. E lui si era perso due grandi occasioni, perché aveva avuto la pessima idea di dire alla madre che il prete e il vicino, lo zio di un suo compagno di scuola, l'avevano invitato a casa loro. "Quando avevo quattordici anni, anche le pietre mi avrebbero scopato. Mia madre se ne accorgeva, che gli uomini mi guardavano. Dai sedici anni in poi sono stato molestato in qualsiasi posto, scuola e banca." Fin da ragazzino gli piacevano i grandi, gli "orsacchiotti" (emoji anche di questi, 🐻). A vent'anni si mise con uno che ne aveva settanta. Erano rimasti amici. Con orgoglio dichiarava che lui non aveva rotto con nessuno dei suoi ex, neppure con quelli che lo avevano tradito. E, quando avevano bisogno di soldi, lui glieli dava. Avrebbe fatto lo stesso con me, se fossi precipitato nell'indigenza. Io ero il suo papà preferito. Il papà perfetto.

Un giorno, di messaggio in messaggio, mentre era al lavoro, mi espose in dettaglio la trama del nostro amore. Lì per lì mi sembrò che improvvisasse per gioco, ma ora sono convinto che mi riportasse eventi del suo passato già da tempo pronti per essere contrabbandati in forma di conciliatorie fantasie:

> Il cucciolo nudo gioca per casa.
>
> Daddy lo vuole. Guarda le sue natiche e il suo fisico armonioso e longilineo.
>
> Il cucciolo se ne accorge e cerca di fuggire.
>
> Papi lo insegue.
>
> Il cucciolo scappa e arriva nell'ultima stanza della grande casa, che è una camera da letto.
>
> Papà è turbato, si arrabbia molto perché il cucciolo scappa. Adesso ti metto in riga io, dice tra sé il Daddy, divertito, ma MOLTO contrariato. Gli dà due sculacciate, gli prende la testa e se la mette sotto un piede. Però non vuole fargli male. Vuole solo fermarlo.
>
> Il cucciolo sorpreso dal vigore di papà si lamenta, ma nel frattempo gli viene duro e comincia a crescergli il membro. Riconosce la superiorità di papà.

Il daddy lo accarezza, gli tocca il cazzo, il buchetto, gli bacia i capezzoli, la lingua.

Il cucciolo impazzisce di piacere.

Papi gli sta sopra e col cazzo duro gli sfrega il buchetto.

Il cucciolo comincia a premere. E si sente così fortunato e privilegiato a essere amato e desiderato da papà a quel modo. Lo vuole sentire proprio contro. E comincia ad accoglierlo.

Il papi non sa se continuare... Ma continua.

Nel frattempo, il cucciolo si chiede se anche gli altri papà facciano così con i loro cuccioli. E conclude che no, che il suo papi è il papi migliore del mondo. Ora il cucciolo capisce tante cose...

Ha sempre pensato che papà avesse un brutto carattere, burbero e a volte aggressivo. Invece aveva solo una gran paura di perdere il suo cucciolo. Si agitava quando non c'era. Quando usciva con gli amici, aveva paura che conoscesse una ragazza, che gli avrebbe portato via il suo cucciolo, che doveva rimanere suo.

Capì allora quanto era fortunato ad avere quell'amore così puro, così istintivo e primordiale, l'unica vera forma d'amore, sbagliato agli occhi ipocriti e secondo gli artifici degli esseri umani.

Papi si sente capito. Ma non può dirlo. L'incanto è perfetto così, nell'amore, nelle lingue che si toccano. Papi dipende dal cucciolo e il cucciolo dal papi.

> Assieme nel divenire. Un amore che non può essere scalfito dal tempo. Può un cane amare meno il suo padrone perché invecchia?
>
> Il cucciolo non sarà sempre cucciolo. Il papi lo ama di più perché sa che il tempo prezioso dell'amore puro sta per finire.

Avete prestato la dovuta attenzione alle ultime parole citate? Contengono tutta la disperazione del cucciolo *tardone*. A questo punto occorre fare un po' d'ordine.

Esistono tre categorie principali di cucciolo:

1. il giovane tra i venti e i ventisette anni, che desidera l'uomo maturo e riconosce in lui davvero una figura paterna (qualunque cosa lui intenda per *paterno*), e pertanto nel rapporto sessuale ricerca il consenso di un vero papà, sperando di riparare chissà che danni dell'infanzia;
2. il giovane già verso la trentina, o anche un po' più che trentenne, che desidera il daddy per il semplice fatto che lo crede sessualmente e socialmente più compiuto e più disponibile;
3. il non più giovane, perfino prossimo alla quarantina, che si ostina a passarsi per ventenne, cioè per cucciolo della prima categoria.

Non è infrequente trovare su Grindr persone di dichiarati cinquant'anni che dicono di essere alla ricerca di un daddy. La terza categoria ha qualcosa di tragico: i cuccioli tardoni (non li chiamo *postumi* per non offendere, ma certo si portano dietro l'ombra di un decesso), infatti, vivono il dramma di vedersi sempre più lontani dalla giovinezza che considerano la loro ragion d'essere; hanno, pertanto, una doppia nostalgia – quella di sé e quella del papà (vero o immaginario); e così contraffanno l'età ed esasperano gli atteggiamenti regressivi, imponendo al daddy di attenersi a un'etichetta di rigorosa esattezza che permetta loro di sostare nell'illusione d'essere perennemente cuccioli davanti al mondo così come lo sono davanti alla loro sempre più angosciata, avvilita coscienza. Bellissimo il primo incontro, quando il cucciolo tardone non ha ancora l'ardire di comportarsi solo come pare e piace a lui, quando ancora non sa quanto possa osare; demoralizzante, penoso il secondo, quando il cucciolo tardone, convinto di potersi permettere ormai tutto, infettato dal virus di un egoismo satanico, abusa della persona del daddy, senza chiedersi se la ritualizzazione nevrotica del gioco a lui vada o no, senza considerare che l'esagerazione possa disgustarlo e perfino privarlo del ricordo positivo della prima volta e precipitarlo nella malinconia. Senza aver paura di deluderlo. Vedremo presto come andò il secondo incontro con Fulvio, che dei cuccioli tardoni era il principe.

La Lorena era una gran bellezza. Permettetemi: una gran figa, dalla testa ai piedi. In particolare, aveva due scintillanti occhi a mandorla che la rendevano un po' esotica. Era pure parecchio vanitosa. Non si dava superficie riflettente su cui non fermasse lo sguardo. In quei momenti smetteva di accorgersi del mondo. Si ravviava i capelli, si stringeva il più possibile la parannanza alla vita, si accarezzava il seno come se lo rimodellasse. La Rossana non aveva tutti i torti a pensare che fosse una frana prima che una gran figa. Fabrizio la teneva solo perché era cognata di sua sorella. Faceva male le pulizie, non afferrava gli ordini o li eseguiva in ritardo, andava in confusione anche davanti a un solo cliente, nella piada metteva la mortadella se le chiedevano il prosciutto e viceversa, non sapeva riempire i coni. Capitava spesso che il cliente servito da lei, bambino o adulto che fosse, buttasse a terra tutto il gelato con la prima leccata. L'espressione *fare le cose alla Lorena* si diffuse anche tra i vicini negozi di souvenir. Lei era la prima a ridere, quando la sentiva. Gli occhi asiatici le si riempivano di una luce gaia e maliziosa, ma lo sguardo vagava spaesato alla ricerca di conforto.

Alessio non faceva che insultarla. Una volta, dopo che lei gli ebbe preparato una banana split anziché una pesca melba, diede di matto.

«Lo stipendio tu lo rubi! Se va bene al Dottore, a me non va bene! Io il cliente lo rispetto, lo capisci? Tu sei buona solo a mettere in mostra le tette!»

Detto questo, le lanciò contro la coppa sbagliata. Lei fece appena in tempo a schivarla. I due clienti tedeschi che assistettero alla scenata uscirono di corsa.

«SUICÍÍÍÍÍÍÍDIO!» trillò Fabrizio dal banco con uno dei suoi falsetti più riusciti.*

Alessio volò ad abbrancare due bottiglie di birra e uscì a servirle, impassibile, dritto come una palma. La Rossana, attirata dal frastuono, sbucò dallo sgabuzzino dell'impasto, scarmigliata come una vecchia bambola.

«Quell'invornita ne ha combinata un'altra delle sue?»

Fabrizio, calmissimo:

«Tu mettiti la cuffia, se non vuoi che la gente mastichi piada e boccoli.»

La Rossana agitò la testa due o tre volte per liberarsi il volto. Fabrizio roteò gli occhi per assicurarsi che nel frattempo non fosse entrato nessuno e gorgheggiò, guardandomi:

Adesso voi
siete per me l'occhio del firmamento.
E mi piaceste dal primo momento che vi ho veduto.

La Rossana si strappò la parannanza di dosso e la gettò a terra:

«Qui scordatevelo che ci torno!»

E corse via.

Non capii se l'avesse irritata di più l'ironia di Fabrizio o la criptata dichiarazione d'amore, che io, per quanto confusa-

* Solo molto tempo dopo avrei scoperto che quell'esclamazione proveniva dalla *Gioconda* di Ponchielli e che in effetti a parlare non era Fabrizio, ma il fantasma della Callas.

mente, non potei non cogliere. La Lorena, certa di aver combinato un disastro, scoppiò in lacrime e si precipitò nel magazzino. Fabrizio mi ordinò con un calligrafico cenno di seguirla.

La trovai nella penombra, tra i sacchi dello zucchero.

«Mi hai fatto paura, patacca» mi disse. «Ha ragione la Rossana... Sono un'invornita. Hanno ragione tutti a odiarmi.»

Le asciugai le lacrime con un lembo della camicia.

«Non prendertela» dissi. «Alessio è un verme.»

Lei, smettendo i singhiozzi, si sbottonò il camice, mi afferrò le mani e me le spinse sotto. Non portava il reggiseno. Continuò a sbottonarsi fino in fondo. Niente mutande, neppure. Mi tolsi la camicia e mi slacciai i pantaloni. Lei si sedette su un sacco, allargò le gambe e le puntò contro lo scaffale delle Sprite. Io in mezzo. Non sapendo che fare, mi abbassai e gliela leccai. Profumava di salmone affumicato. Un buon profumo. Mi tirò su per i capelli e con l'altra mano me lo afferrò e se lo portò dritto nel buco.

«Sbrigati» ansimava.

Lo tirai fuori e schizzai sul sacco. Lei si cacciò due dita dentro e venne un secondo dopo con un urletto. Tornai nel bar e sotto gli occhi di Fabrizio mi infilai per bene la camicia nei pantaloni, con gesti lenti e meditati.

La Rossana non tornava. Alle piade, per estrema necessità, Fabrizio si ridusse a mettere me e la Lorena. Silvio si occupò dei gelati. In qualche modo ce la cavavamo. Tra i vari ordini riuscivamo anche a chiacchierare.

«Ce l'hai la ragazza?» s'informava.

«No.»

«Vi siete lasciati?»

Dovetti ammettere che non ne avevo mai avuta una.

Scoppiò a ridere:

«Allora io sono la prima?»

La sera insistette perché andassi con lei alla spiaggia. Meglio che ritrovarmi a tu per tu con il muso insoddisfatto e brufoloso di Mara. Quando arrivammo, non c'era già più nessuno, nemmeno i bagnini. La sabbia era fresca e pettinata, e i lettini, rovesciati su un lato, si appoggiavano l'uno all'altro, a due a due, ai piedi degli ombrelloni richiusi. Mi disse che spesso veniva qui con Lorenzo, il suo ragazzo, a quell'ora, o anche più tardi.

«Ah!» mi sfuggì.

Non mi aveva ancora detto che stava con qualcuno. Mi si buttò al collo, ma le dissi che non mi andava più. All'improvviso mi disgustava la sua stessa faccia.

«Mi vedi tanto brutta? Dài, dimmelo... Non mi offendo. Io a volte non mi posso guardare allo specchio.»

«Sei bella, invece.»

«Davvero? Allora, slimonami. Be'? Cosa aspetti? Che patacca che sei! Dovresti vederti...»

Rideva, rideva... Cercai di svicolare.

«Se hai il ragazzo, è meglio che lasciamo stare.»

«Mica ti devo sposare... E non devo sposare neanche lui...»

Me lo lasciai succhiare a lungo e infine glielo misi dentro un'altra volta.

Mara si era già ritirata in camera con Teo. Fabrizio mi aspettava in giardino, seduto sul dondolo. Era rientrato prima del solito. Lo riconobbi dal brillio della sigaretta. Tutto il suo corpo era nell'ombra.

«Stanco?» mi domandò.

«Così così...»

Avevo capito l'antifona.

E lui, dopo aver fischiettato una delle sue arie:

«La Lorena porterà sempre in cuore il trionfo di averti *deflorato*.»

Pronunciando l'ultima parola, aveva abbassato la voce. Mi venne un brivido, perché mi parve di sentirvi una condanna inappellabile.

«La Lorena non mi interessa» dissi. «So anche che ha un ragazzo...»

E lui, più serafico che mai, sicuro nel buio:

«Tuo padre ne sarebbe *ravi*. Sacrificherebbe ecatombi a tutti gli dèi per una settimana, se gli arrivasse la lieta notizia!»

La faccia mi bruciava, ma per fortuna in quell'aria scura la mia agitazione non doveva essere evidente.

Mi misi subito a letto, con il cuore grosso, senza cena, e mi addormentai piangendo. Riaprii gli occhi un po' dopo, non avrei saputo dire quanto, questa volta svegliato non dalla fame, ma da una carezza.

«Non ti devi preoccupare» mi mormorava, inginocchiato accanto al letto. «*Je te comprends...* Nessuno ti ha mai capito meglio di me... Ti perdono. Posso sdraiarmi vicino a te?»

Odorava di sigaretta. Subito mi appoggiò la mano sul cazzo, che mi si era già indurito.

«Non dici niente?» mi domandò con finta disapprovazione.

Si allungò su di me, stringendomi forte. Notai immediatamente la differenza tra le dimensioni della sua lingua e quella della Lorena. Mi piaceva di più baciare lui, nonostante sapesse di fumo.

«Finalmente! Quella volta che sono stato a trovarvi a Milano, lo sai che mi hai spezzato il cuore?»

Parlava in sussurro.

«Perché?» domandai.

«Perché alla fine non sei venuto a salutarmi...»

«Ero in soggezione...»

Mi tolse i calzoncini e mi palpeggiò la cappella, raccogliendo le dita come quando spremeva un mezzo limone. Mi chiamò "Piccolo Iddio". Mi accarezzò anche le natiche e i capezzoli. Certo che fossi sufficientemente voglioso, si abbassò a succhiarmelo. Poi mi attirò su di sé; e passammo molto tempo così, baciandoci e strusciandoci l'uno contro l'altro, in silenzio. Mi eiaculò sulla gamba, senza un gemito. Il suo seme era caldo come la pipì. Anch'io venni, nonostante quel giorno fossi già venuto due volte. Mi risvegliai verso l'alba, solo. Andai alla finestra e guardai il ponte di Tiberio.

Fabrizio tornò anche la notte dopo, e quella dopo ancora. Tornava ogni notte e puntualmente mi chiamava "Piccolo Iddio".

«Se mi vedesse tuo padre...» diceva con un'esagerata smorfia di terrore.

Lasciavo che mi scopasse. Non mi piaceva, ma non osavo rifiutarmi. Non avrei mai osato deluderlo. Restava fin verso le tre. Dopo il sesso si divertiva a indagare sui miei amori. Chi mi aveva già avuto? Possibile che non mi fossi già dato a nessuno?

«Nessuno mi ha scopato prima di te» giuravo.

Fingeva di non credermi. Fingeva anche di scandalizzarsi al suono di quel verbo.

«Io mica ti *scopo*. Io ti *prendo*» rettificava.

Gli parlai di Luigi e gli dissi che da lui me l'ero fatto succhiare qualche volta. Niente di importante. Ormai sentivo di appartenere a lui e non ammettevo che potesse credermi interessato ad altri.

Gli domandai se non fosse strano per lui fare l'amore con un maschio.

«Strano...?» si stupì.

Mi spiegò che sul piano embriologico non esisteva nessuna differenza tra maschio e femmina; che il pene era la vagina, i testicoli erano le grandi labbra... Lui, disse, non amava le complicazioni culturali. Le cose andavano esattamente come dovevano andare, e se qualcuno si stupiva che andassero in un certo modo, be', la colpa era solo sua. La gente si faceva le domande sbagliate, e non si faceva quelle che si doveva fare, prendendo per ovvio quello che ovvio non era. Per esempio, perché la cacca era marrone? A che cosa serviva la febbre? Che cosa significava etimologicamente *xifoide*?

Mi sarei dovuto chiedere se il suo comportamento non fosse sbagliato, che cosa celasse, che razza di vita fosse la sua. Invece, non me lo chiedevo. Non vedevo finzione, ipocrisia, confusione, inganno, autoinganno, egoismo, alienazione, codardia, crudeltà. Io ammiravo il suo sfoggio di naturalezza e di semplicità; l'umorismo delle sue soluzioni; la sua indipendenza. Come ho detto, qualche volta diceva di avermi rovinato, ma escludo che lo pensasse. Lui non conosceva il senso di colpa; o avrebbe capito meglio la mia persona, e mi avrebbe risparmiato molta sofferenza. Con quella frase, "Se mi vedesse tuo padre...", in realtà, lui si faceva bello; dimostrava di essere orgoglioso di avermi catturato. Il gioco ancora una volta gli era riuscito; nessuno gli resisteva... *Ego quoque*. Né tanto meno mi chiedevo se fosse omosessuale o bisessuale, e se in Francia si fosse scopato sia donne sia uomini o solo uomini, se preferisse gli uomini o se gli andasse a genio qualunque cosa. Non mi chiedevo niente di niente. Mi bastava sapere che Fabrizio mi avesse scelto. Che sentimento supremo quello, la fierezza dell'eletto, del Piccolo Iddio! A nessuno dei cuccioli che la vita ha portato nel mio letto io ho avuto la capacità di ispirarla. Nessuno di loro, infatti, assomiglia al ragazzo che ero. O forse quella fierezza oggi non può più esistere, perché i tempi sono cambiati, e, dunque, il cucciolo di oggi non può più provare quello che provavo io allora. Comunque stiano le cose, poveri cuccioli miei, non sapete che felicità vi neghiate a non innamorarvi!

Fissammo di rivederci a Brescia due venerdì dopo. La nostra corrispondenza, intanto, si intensificò. Più era in contatto con me, più si sentiva libero di forgiarmi secondo le sue fissazioni. Niente più rasatura o utilizzo di detergenti chimici o di creme di qualunque tipo per tutta la settimana che precedeva l'incontro. E pretendeva che spedissi due volte al giorno fotografie che documentassero la crescita della mia barba, una la mattina e una la sera. Ricevutele, approvava; non faceva che dire che gli piacevo "al naturale". La ripetitività, ormai l'avrete imparato, è una caratteristica di tutti i cuccioli, mica solo di Adrians. La manfrina un po' mi divertiva, un po' iniziava a seccarmi. La barba ispida mi dava prurito e l'odore delle mie ascelle mi ripugnava, e la pelle del viso, non più idratata, si rovinava a vista d'occhio. Mi sentivo orrendo. Lurido e disordinato. Mi sentivo un fesso. Adrians, almeno, non aveva mai preteso di assumere il controllo del mio aspetto. Lui eccedeva addirittura nel contrario; manco faceva riferimento al mio corpo, e se la cosa poteva deludermi, certo non mi opprimeva. Per non parlare di Alex, che in tanti anni di convivenza non aveva messo una sola volta il becco nell'amministrazione della mia igiene personale. Non mi passò, tuttavia, la voglia di incontrarlo. Quella, anzi, divenne smania. Avevo in mente solo il suo buchetto. Lì dovevo tornare e lì far dimora; scoparmelo molto più a lungo della volta precedente. Lui questo si aspettava e io non dovevo deluderlo.

Arrivai alla stazione di Brescia dopo le dieci di sera. Sarei arrivato per l'ora di cena, se un guasto non avesse bloccato il treno nella pianura per quasi due ore. Che ansia in quelle due ore! Temevo che si stufasse e riprendesse la via di casa. "Tranquillo" mi scriveva. "Ti aspetto." Gli dissi di sistemarsi già in albergo, ma non mi diede retta. I bidoni di Adrians non mi avevano reso per niente cauto. Se non altro, l'albergo di Brescia non costava quanto il Randolph.

Non fraintendetemi. Io non sono né spilorcio né parsimonioso. Ho sempre avuto un rapporto diciamo disinteressato con il danaro. Non ne ho mai buttato dalla finestra né ho mai cercato di guadagnarne più del necessario. Rimpiango solo i soldi che ho speso stupidamente. Quando lo capisco, mi vergogno di me, perché vedo finalmente l'errore evitabile che mi ha portato a spenderli. Per le migliaia di sterline che mi costarono le cinque notti del Randolph non smetterò mai di arrossire.

Fulvio, comunque, non mi bidonò. Ammazzò le due ore e passa dell'attesa passeggiando per il centro di Brescia e venne a prendermi alla stazione per nulla contrariato, dopo aver cenato al cinese. Se non altro, il mio ritardo aveva incrementato, per la felicità delle sue narici, l'opera delle mie ghiandole sudorifere. Mi proibì di fare la doccia. Stavolta non esordimmo con un bacio infinito.

«Voglio leccarti tutto» disse, spingendomi sul letto.

Non accadde. Neanche Fulvio, infatti, sapeva donare. Se non era egocentrico come Adrians, di certo era molto egoista.

Passatami sbrigativamente la lingua sul collo e sulle ascelle, e inalata la puzza necessaria, mi impose di succhiargli i capezzoli e di strofinargli la barba sul perineo. Come gemeva!

«Ancora, papà; così... Oh sì... Papà... Papà...»

La sua disponibilità sessuale si era ridotta a questo. Non chiedeva e non faceva altro. Anzi, non faceva niente. Non aveva neppure voglia di succhiarmi il cazzo e protestava se appena gli spingevo una falange nel buchetto. Diceva che non gli piaceva che gli ficcassero le dita dentro. Che cosa avrebbe replicato se gli avessi ricordato che due settimane prima la cosa gli piaceva eccome? Né si lasciava scopare. Nelle dieci ore successive non mi avrebbe permesso di avvicinare il cazzo al buchetto manco per sbaglio. Spazio per gli sbagli non ne concedeva. Il suo teorema, esatto e ottuso come un algoritmo, imponeva che gli strofinassi senza sosta il mento barbuto sul perineo, che quella sera appariva ancora più prominente, sporgente come il dorso d'un boa. Nient'altro. I miei desideri, le mie aspettative non esistevano. Del cucciolo che avevo incontrato la scorsa volta e che lui stesso aveva finto o creduto di essere non restava nulla. Ormai avevo che fare con un individuo estraneo, prevaricatore, rabbioso, che, appena provavo ad agire a mio talento, si rivoltava.

Pensai di intenerirlo baciandogli il collo. Si divincolò e, cambiando fulmineamente posizione, mi strinse la testa tra le gambe con l'efficienza di un maestro di karate. Cercò di strangolarmi. Non credo che intendesse uccidermi, ma, continuando a premere a quel modo, vi assicuro che ci sarebbe riuscito. Capii che ero caduto nel gorgo di un'altra storia, di un altro tempo... Ero stato scritturato per impersonare chi? Per ridargli la possibilità di trionfare su quale antico sopruso? Quali regressioni, quali risarcimenti erano in gioco? Quali personaggi? Sapevo che, divincolandomi, avrei solo aggravato la mia situazione. Boccheggiando nella morsa dei suoi inguini, ebbi la tremenda certezza di soccombere. Riuscii a non perdere la calma e, allungando collo e lingua all'inverosimile, arrivai a titillargli lo scroto. La soavità di quell'estenuato contatto lo rabbonì e la morsa si sciolse.

Mi tirai su, indolenzito dalle tempie alla gola, con la simulata fretta di baciargli la faccia e, prima ancora di essermi ripreso dalla semiasfissia, mi sentii percuotere in piena fronte da un pugno. Più sbalordito che tramortito, ricordai all'istante le sculacciate della prima volta, la cui importanza non avevo saputo o voluto riconoscere. Il tipo – nome ormai non ne aveva più, perché era irriconoscibile – aveva perso la testa; la messinscena si era impossessata di lui. Restituire il pugno – che suppongo era quello che lui desiderava e si aspettava che io facessi e che un'istintiva irritazione mi suggeriva di fare – di sicuro mi avrebbe cacciato in guai peggiori. Trasfigurato nella recita, lui era al colmo della potenza fisica. I muscoli apparivano tenaci e grossi più che mai, e l'ardore aumentava d'ansimo in ansimo. Era come se, da quando avevamo messo piede in albergo (avevo preso lo stesso del primo incontro, addirittura la stessa camera – già, sono proprio un papi romantico), il suo corpo si fosse esteso e ingrandito in tutte le direzioni per effetto di un'urgenza interna, una sorta di espansione militaresca. Mi mollò anche un ceffone, che, a differenza di quello che avevo ricevuto da Adrians al Randolph, non aveva nulla di preterintenzionale. Per la seconda volta mi impedii di rispondere con la violenza, sperando che il mio pacifismo gli raffreddasse il sangue. La speranza, però, non valeva a proteggermi.

Sul momento, furente, ma gentile, mi limitai a osservare:

«Ti diverti a picchiare, eh...?»

Sapevo di rivolgermi a un individuo che non aveva più il dominio di sé stesso; che non sapeva neppure dove e con chi si trovasse. O forse, sì, lo sapeva. Solo che l'altro – quello che lui attaccava – non ero io.

Notai che la parte posteriore del suo avambraccio destro era percorso da una lunga cicatrice. Si accorse della mia sorpresa e mi spiegò che se l'era procurata anni prima cadendo accidentalmente dal balcone di casa di sua madre, ovvero dal secondo piano.

«Un altro sarebbe morto: io ne sono uscito con questo graffio» si vantò.

Mi raccontò altre prodezze o prodigi della sua costituzione.

«Io posso stare in apnea anche tre minuti e maneggiare una pentola bollente senza scottarmi le dita. Guardami la faccia...

Ci vedi una ruga? Mai messa una goccia di crema idratante o di lozione solare... Al sole non mi brucio, nella neve non m'intirizzisco... Quando scio, sto in maglietta e filo come una Maserati in autostrada.»

Parlava con un tono divertito; spaccone, ma non aggressivo. E io per un istante sperai che la bestia si fosse distratta, ripersa nel bosco. La paura, comunque, mi schiacciava. Mi sentivo prigioniero, mi sentivo in pericolo, lontano da tutto quello che conoscevo e che mi conosceva.

Un lampo dello sguardo mi avvertì che la bestia era ancora accanto a me e andava ammansita. Vi ricordate *Life of Pi*, il bel film di Ang Lee, tratto dal romanzo di Yann Martel? Ecco, io mi trovavo nella stessa situazione, in mezzo a un oceano, con una tigre nella barca. Calma, ci voleva calma... Mi riabbassai, prima che lui mi attaccasse in chissà che altro modo e, ammesso che non mi lasciasse del tutto privo di forze, mi inducesse a qualche gesto sconsiderato (infatti, temevo non solo le sue azioni, ma anche le mie reazioni), e passai gran parte della notte a leccargli scroto, perineo e buchetto, e a strofinarci sopra il mento inarrestabilmente, come lui comandava, cercando di variare il più possibile la successione delle tre zone.

Le combinate carezze della lingua e della barba lo tenevano buono, anzi lo rendevano tenero e languido.

Mugugnava e biascicava:

«Papà... Papà... Ancora... Di più... Più forte... Così... Grattami più forte con la barba...»

La voce era quella del ragazzino smarrito e impaziente. Venne tre volte. Tra la prima e la seconda eiaculazione gli spinsi il cazzo in bocca, approfittando di un suo improvviso ottenebramento, e venni anch'io (sputò, però, subito il seme).*

* Neige Sinno, in *Triste tigre*, ricorda che a un certo punto si rifiutò di bere lo sperma dei suoi amanti. Con quella decisione cominciò a emanciparsi dallo spettro dei soprusi sessuali cui per anni, quand'era bambina, l'aveva sottoposta il patrigno.

Ricordo ogni momento di questo rito, della cui liturgia ero fiero di aver avuto la capacità di impadronirmi. Era in gioco, infatti, la mia stessa vita. Alla fine, lo ridussi al sonno. Io non avevo il coraggio di addormentarmi. Ma la stanchezza prevalse su tutti i patemi.

Dormimmo tre ore, non di più. Si svegliò per primo. Mi strinse e mi baciò infoiato. Io non avevo nessuna voglia. Il mio cazzo rientrava come una lumaca. Avevamo tutti e due la bocca amara. Quel nuovo bacio mi nauseava; non aveva senso. Lui insisteva. Ricominciai a lapparlo là sotto. Gli era diventato di nuovo duro e grosso, come se non facesse sesso da giorni. Venne di nuovo, con la solita copiosità. Quale incantesimo gli dava tanto vigore? E tutto quel seme, da quale fonte perenne sgorgava? Continuai a leccare, a vellicare, a lambire, a sfregare, variando la velocità e la pressione della lingua, nonostante fossi annoiato, poco concentrato; arrabbiato. E lui continuò a godere.

«Papà... Papà...» invocava la vocina dai precordi di un'infanzia spiriticamente ricreata.

Mi imposi di portarlo a un nuovo, ultimo orgasmo, chiamando a raccolta tutta la mia buona volontà; perfezionando all'estremo il mio ardimento.

E di nuovo il suo seme zampillò, e con il seme colò fuori dal buio interiore, sillabata e urlata a un tempo (ah, poterla far risuonare come la udii io, dirompente, lugubre, sovrumana), la dichiarazione più incredibile che io avessi mai ricevuto durante un rapporto sessuale:

«PA-PÀ TI AAA-MOOO!»

Mi tirai su con la compostezza che il solenne momento richiedeva, mi strinsi al petto il figlio sfinito, risalito di dirupo in dirupo dall'inferno del più segreto dei segreti, e in un orecchio, sistemandogli un ciuffetto sulla tempia, gli sussurrai, liberato da ogni paura:

«Anch'io ti amo, cucciolino mio.»

Mi svegliavo verso l'alba. Mai che ritrovassi Fabrizio accanto a me. Non avrei saputo dire quanto si fosse trattenuto. Mi piaceva pensare che se ne fosse andato solo un momento prima. La nostra relazione non era un contraccambio. Non era il legame di due che si vogliono bene e cercano di restare insieme il più a lungo possibile. Ogni visita poteva essere l'ultima. Lui si concedeva a me; si degnava di visitarmi. L'Iddio era lui, come l'amante notturno di Psiche nel romanzo di Apuleio, io nient'altro che il mortale beneficato. Ogni parte di me esisteva ormai solo per la speranza del beneficio e per l'angoscia di non riottenerlo.

Durante il giorno non facevo che aspettare un suo segno, uno sguardo, una parola, un ordine. La sera aspettavo che entrasse nella mia camera. Mentre al bar, per non insospettire nessuno, ormai quasi non mi rivolgeva la parola, a letto non esisteva che per me. A letto tutta l'amarezza, tutta la disperazione che mi erano cresciute dentro nel corso della giornata svanivano di colpo. Avevo lui con me, addosso a me, dentro di me, e questo mi rendeva superiore a tutti. Se lo avessero saputo! Se la Rossana avesse saputo! O quel verme di Alessio! O la Lorena! Questa si era messa in testa che mi fossi innamorato di lei. Fabrizio mi diceva che era un bene che lo credesse.

«Non devi privarti delle donne. *In medio stat virtus*... Guarda me, *mon petit*...»

Ancora non capisco se cercasse, con quel consiglio, di tenermi a una certa distanza da sé o se, per invidia, non sopportasse di vedere un giovane uomo scegliere la strada esclusiva dell'omosessualità. Io, in ogni caso, non volevo le donne. Non volevo neppure gli uomini. Volevo lui, lui e nessun altro, e speravo che avremmo continuato ad amarci al buio per l'eternità. Al futuro non pensavo. Forse nessuno a diciotto anni pensa al futuro. Il futuro è il presente. E non è poi così sbagliato o assurdo crederlo, qualunque età si abbia, in qualunque epoca si viva. Per Fabrizio, invece, il presente coincideva con il passato; o meglio con il passare. Io tra le sue braccia ero sempre morente; e, uscito lui dalla stanza, ero morto. E se il giorno dopo ritornavo a vivere, la mia vita sarebbe presto morta di nuovo. Sì, duravo di notte in notte, e lui probabilmente dava per scontato che durassi a quel modo, che dovessi defungere solo la volta successiva. Il suo concedersi aveva qualcosa di rituale e, dunque, sacrificale. La morte la portava lui. Due altri che avevano le nostre facce agivano per noi, come in una trama che ha non protagonisti, ma solo pedine della necessità.

Quegli incontri notturni mi lasciavano sempre più bramoso d'amore. Al bar cercavo qualunque scusa per gravitare nella zona del banco. Anche se non mi era richiesto, svuotavo e riempivo le zuccheriere fino all'orlo, stipavo il frigorifero di bibite, raccoglievo il sacco della spazzatura quando era ancora mezzo vuoto... Oppure sghignazzavo con la Lorena. Tutto affinché Fabrizio mi notasse. Lui continuava a badare ostentatamente alle sue faccende, canticchiando la *Butterfly* o facendosi vento con il flabello di una mano aperta. Non mi faceva più nemmeno l'occhiolino. Invece, con tutti gli altri scherzava e parlava come al solito. Adesso, all'improvviso, esibiva una certa predilezione per Fabio, un sedicenne neanche tanto bello, addetto al lavaggio dei bicchieri della birra alla spina. Per non impazzire di gelosia mi ripetevo che mi amava. Veniva da me ogni notte; sarebbe tornato anche questa notte... Però, per quante volte me lo ripetessi, non ci credevo. Ero finito.

Oggi, dopo aver vissuto tanti anni con Alex senza mai provare la minima gelosia, sono convinto che la gelosia non sia desiderio, ma disprezzo dell'altra persona. Diventiamo gelosi quando vediamo la sua miseria, la pochezza che sta dietro certi suoi comportamenti, e ci costringiamo a non ammetterla, perché siamo troppo affezionati all'idea di felicità che associavamo a lei. Uno è geloso perché vuole perdonare, ma non ci riesce. Magari perdona, ma un momento dopo accusa di nuovo. Per questo si soffre, perché la contraddizione è irresolubile. Risolverla significherebbe solo riconoscere di aver creduto in una felicità falsa. Il geloso odia e ama il proprio inganno. Il tradimento vero, alla fine, è questo – l'unico tradimento possibile: quello di sé.

Un pomeriggio, buttatosi lo strofinaccio umido sulla spalla, Fabrizio mi chiamò con una simpatica vibrazione dell'indice. Mi avvicinai raggiante, liberato di colpo dall'angoscia dei miei mille rovelli.

«Smettila» soffiò tra i denti.

Sorrideva, perché gli altri non pensassero che mi stesse sgridando.

«Che cosa ho fatto?» mi difesi, non ancora sicuro se facesse sul serio o no.

Già stava canticchiando «O mio babbino caro...».

«Che cosa ho fatto?» insistei.

«Lo sai benissimo. Il tuo protagonismo è imbarazzante. Ne abbiamo tutti le tasche piene. E adesso lèvati, che devo lavorare. *Dégage!*» Mai mi sarei aspettato un simile rimprovero, né tanto meno una simile perfidia. Quel "tutti" era peggio di uno sputo in faccia. Chi erano, poi, i "tutti"? Mi ritirai nel magazzino. Ero sicuro che sarebbe venuto a chiedermi scusa. Aspettai per quasi mezz'ora. Siccome non compariva, me ne andai a piangere nel cortile. La Lorena, che era venuta a lavare le taniche dello strutto, mi notò.

«Che cos'hai, patacca?»

Cercò di abbracciarmi.

«Lasciami in pace» le dissi.

«Sù, patacca... Non fare così... Io ti voglio bene, ma preferisco il mio ragazzo...»

Dio l'abbia in gloria, pensai, con una frase che sarebbe potuta uscire dalla bocca di Fabrizio. Mi scappò pure una mezza risata. Rise anche lei, sorpresa che mi fossi ravveduto così in fretta.

Mi diede un bacio sulla guancia e, prendendomi il mento tra il pollice e l'indice, come se fossi un bambino di tre anni, disse:

«Sei più carino quando sorridi, lo sai? Lo sai o no, patacca?»

Il cucciolo, alla fine, è una gran noia, perché non ha altro da offrire che il solito numero. Non so se all'origine di tutto questo ci sia solo una grave mancanza di immaginazione. Nel caso di Fulvio si aggiungeva un bisogno di violenza che derivava da chissà quali orrori domestici. Anche lui, però, aveva la formularità di tutti gli altri; la maniacale tendenza alla standardizzazione. Impoetico cucciolo! Routinario cucciolo! Eppure, sebbene capissi tutto questo, io continuavo a stupirmi che certi cuccioli non tornassero alla mia porta. E ancora vorrei domandare loro perché siano spariti, nonostante il piacere che ci eravamo dati. Perché non si siano innamorati di me. Quanti! L'evanescenza dei cuccioli! La distruttività dei cuccioli! Le procrastinazioni dei cuccioli! Il peggio della vita... La non vita... Non sembrano conoscere l'idea che quel che non si fa adesso non si farà più. Se, infatti, pensate di farlo domani, vi sbagliate di grosso, perché domani farete inevitabilmente non quella, ma un'*altra* cosa. Per voi fare si riduce a forse-un-giorno. L'evento, per voi, è assoluto, appartiene non a un certo momento, ma a un momento qualunque, e questo momento qualunque non sta in una successione di altri momenti, non viene né prima né dopo: viene a un certo punto; avviene.

Ecco: il punto è la figura geometrica della temporalità cucciolesca. L'istante che non diventerà mai durata. Che non crea scia. Nessuna attesa lo precede, nessuna memoria lo segue. Io, invece, non meno di quando ero ragazzo, non facevo che attendere e ricordare, e sperare che l'accaduto si ripetesse. Per questo avevo aspettato tutte le sere Fabrizio e poi inseguito Adrians e ripreso il treno per ritrovare Fulvio nello stesso albergo di Brescia... Perché mai una cosa che ha dato piacere non dovrebbe ripetersi? Come è possibile non ri-volerla? Forse è possibile solo a condizione che non la si sia mai voluta. C'è stata, tutto qui. Che cosa aspettate, cuccioli? Anzi, che cosa *non* aspettate?

Voglio ricordare almeno due di voi, apparsi dopo Fulvio: Davide, amalfitano, venticinque anni, ristoratore, trasferitosi a Trezzano da bambino, e Niall, ventisette anni, irlandese, nato nella campagna di Cork, fisico in un laboratorio di Parigi (lo incontrai a Milano, dove era venuto a passare un paio di settimane su invito del Politecnico). A voi, ragazzi meravigliosi, qui mi rivolgo, anche se non mi leggerete mai, e vi dico questo: che io le vostre vite le avrei tenute strette a me; che io non vi avrei mai lasciato andare. Dovevo dichiararvelo, anziché fingere che foste routine, che fossimo io e voi pagliacci nel circo di Grindr? Quando, dopo il sesso, mi diceste che sareste tornati a trovarmi (me lo avete anche scritto su WhatsApp nei giorni seguenti), io, ancora una volta, ci cascai. Come fate a mentire così? Come fate a non temere di essere dimenticati? Non vi spaventa il tempo divoratore? La fine delle cose? La morte? Vi scrissi di nuovo solo per darvi questo messaggio: "Io non ho dimenticato". Per darvi il buon esempio. "Io, almeno io, non sto al gioco della continua vanificazione. Unitevi a me, se non per amore di me, per odio del nulla." Non vi sentite morire permettendo che tutto vada in malora? Non vi strazia il pensiero che il sesso, il bellissimo sesso, non lasci segno, e serva, piuttosto, a cancellarci vicendevolmente per sempre? O esistete, nel sesso, solo voi, il piacere viene solo a voi, ed è questa la ragione per cui non perdete niente, non rinunciate a niente, voi stessi a voi essendo tutto sempre? A me, Davide, per davvero interessava il tuo ristorante, che avevi appena aperto, come mi raccontasti un attimo prima di sparire, con i suoi cento coperti e il suo menu di carne e di pesce, e i tuoi piccoli dipinti astratti, proprio carini, ordinati ordinati, che a guardarli chi immaginerebbe mai che sei un amante tanto scatenato, con un corpo tanto flessibile e accogliente... E, Niall, a me per davvero interessava tutto quello che mi dicevi, mentre i narcisi si allargavano nella brocca di vetro e un volume delle poesie di García Lorca, che io avevo regalato ad Alex quand'eravamo ancora agli inizi, cadeva dal ripiano della libreria (per caso, ovviamente, ma per me, data la situazione, come per volontà di un dio benevolo): la tua Irlanda rurale, il tuo microscopio elettronico, il tuo talento per la matematica, che ti si rivelò già nella fanciullezza, quando giocavi tra gli alberi e guardavi la corsa delle volpi e costruivi un mondo con il Lego, la tua insofferenza per le lingue e le letterature, la tua voglia di emergere, di partire per l'America, di far soldi, di ottenere presto una cattedra universitaria! Mi interessava anche la parola *chaos* che usavi per descrivere l'immensa quantità di lavoro che ti aspettava ogni giorno al laboratorio, a trenta metri sotto il livello della strada, e gli errori di temperatura di non so quale frigorifero, di cui incolpavi gli stupidi ingegneri, e il jogging che facevi la sera tardi o la mattina presto anche nel freddo di febbraio! A voi di me non interessava proprio niente? Perché? Davide, ricordi che cosa mi dicesti subito dopo la scopata?

«Non per mettere il naso nei cazzi tuoi... Ma...»

Non ti decidevi a fare la domanda. E ricordi come reagii? «Be'» ti dissi, «mi pare che il naso *nei cazzi miei* tu lo abbia messo già abbastanza...»

Me l'avevi succhiato divinamente, l'avevi preso nel culo anche più divinamente, e con lingua divina mi avevi baciato per un'ora (hai una delle lingue più belle del mondo). Come potevi esprimerti a quel modo? Il punto è che il cazzo ormai non contava più. I corpi si erano dissolti pezzo a pezzo nel compiersi dell'atto! I *nostri* corpi! Mi ostinavo a crederli presenti e vivi... Tu non cogliesti l'ironia volontaria della mia frase, che denunciava l'ironia involontaria della tua. Forse anzi pensasti che ti stessi rimproverando. In parte rassicurato dal mio sorriso, mi domandasti:

«Che lavoro fai?» E ti affrettasti a rimarcare: «Se non ti scoccia dirmelo...».

Davide, Davide... Ma io ti avrei detto tutto di me! Ti avrei dato tutto! E anche a te, Niall... E a te, Fulvio! Quel che più mi dispiace è che questo non l'abbiate neppure sospettato. Vi siete proibiti di conoscermi. Nessuna domanda. Come Adrians. Alle persone bisogna far domande! Sennò, che cosa rimane? Io a voi lo domandai: Chi siete? E ora vi domando pure: Che sarà di voi? Amerete mai? Chi riuscirà ad amarvi? Come riuscite a essere tanto liberi? Liberi da tutti, liberi perfino da voi stessi...? Come riuscite a non aspettare niente? A non aspettarvi niente? O credete che quel che mi avete dato (o meglio, che mi sono illuso di ricevere) non avesse per me nessun valore? Attribuite così poca importanza ai vostri gesti e alle vostre azioni? Al vostro culo? Non pensate che per qualcuno possano davvero significare *molto*?

Se si aspetta qualcosa, qualcosa arriverà – magari non quello che aspettavamo, comunque qualcosa. *For once, then, something*, scrisse un poeta americano. A me, per esempio, arrivò l'amore di Alex, mentre continuavo a sognare quello di Fabrizio (Alex, mio tesoro, scusa se nella foga del discorso ti ho ridotto a esempio). O il vostro cuoricino è più piccolo del vostro polpastrello, della vostra lingua, del vostro buchetto? È così inimmaginabilmente piccolo che non può ricevere un briciolo d'amore? Perché io non chiedevo che il permesso di amarvi. Nient'altro. E giorno per giorno avreste imparato dal mio amore come darne un po' anche a me. Avreste capito che ne avevate bisogno, fosse anche solo per la paura di perdere il mio.

Dovrei compiangervi, e invece, non so come, continuo a desiderarvi. Anzi, vi invidio. Come i primi tempi invidiavo Adrians. Voi, a differenza di me, che ho perso tutto, non avete paura di perdere niente. Non avete paura di perdere né quello che avete desiderato né le occasioni per ottenere altro ancora. Come avete potuto non vederne una in me?

Finiti i progetti e gli slanci, finita anche la voglia di ricordare il buono dei nostri tre incontri, di Adrians che cosa restava? Già, tre soltanto... Anzi, quattro. Dimenticavo la seconda notte al Randolph, quella senza sesso. Costituivano una storia? O avevo fatto tutto io, come qui, in questo libro, grazie a quell'arte di illudermi che allenavo fin dalle ultime notti riminesi, quando aspettavo invano che Fabrizio si degnasse di salire ancora da me, e che adesso, vecchio e vedovo, avevo ancora la fame di perfezionare, sbagliando sempre obiettivo, come se Alex non fosse mai esistito? Tutto l'amore di quell'uomo non era servito a niente? Ero purtuttavia il diciottenne innamorato dell'impossibile? Adrians mi aveva reso simile a lui, smemorato e inabile al sogno? Prima o poi sarei tornato a Oxford e allora l'avrei rivisto e... E... Che cosa? Non riesco a finire la frase neanche adesso; neanche adesso riesco a dare espressione a quel nulla che era ormai diventato la mia anima.

Gli scrivevo sempre le stesse cose, "Buongiorno", "Buonanotte", "A Milano c'è il sole", ovunque mi trovassi. Neanche mi importava più dirgli dove fossi. Tanto per lui non esistevano le differenze. Lo imitavo, sperando che se ne accorgesse e che si vergognasse, come davanti a uno specchio finalmente sincero. Non gli mancava l'uomo che gli dava e prometteva tutto sé stesso? Lo speravo, ma sapevo bene che non gli mancavo. Neanche lui mancava a me, ormai. Pur continuando a scrivermi con regolarità quotidiana, mi scriveva ancor meno parole del solito. Frasi affettuose nessuna. Cuoricini, sì, ne mandava in gran quantità (♥♥♥♥♥♥). Ma, lo sappiamo, quelli valevano meno di bolle d'aria.

Un giorno mi comunicò (finalmente una novità) che doveva partire per la Lettonia. "my cousin died very sad." Credendo che fosse morto il cugino che aveva preso il Lyme Disease, per due giorni mi attardai in malinconiche fantasie sul bel cacciatore lèttone che una puntura di zecca era bastata a stroncare. Da altri messaggi che Adrians mi inviò dopo il funerale mi si chiarì che era morto un cugino novantenne di sua nonna.

Il numero dei selfie e dei video, quello aumentò. Dalla sua città, Liepāja, mi inviò un filmatino della spiaggia che tanto amava: desolata, invernale nonostante fosse maggio, popolata di gabbiani assordanti che svolazzavano in tutte le direzioni. Oltre ai filmati in cui appariva in palestra, fradicio ed erculeo, o in un centro commerciale, in camicia e pullover Ralph Lauren (alcuni anche in slow-motion, con ansiogena colonna sonora, come nel trailer di un thriller americano), mandava anche brevi documentari. In genere non li guardavo per intero. Potrei andarli a ritrovare sul mio cellulare, dove sono rimasti tutti, e descriverveli in dettaglio uno per uno. Ma a che servirebbe? Mi limiterò a citare i due più assurdi (assurdi solo in apparenza, effettivamente): una sfilata di Balenciaga e un servizio sulle acconciature più tipiche delle donne europee del Novecento, presentate per nazione.

Imparai anch'io ad apporre cuoricini che non significavano niente. Credeva davvero che potesse fregarmene qualcosa, di quelle cazzate? Era tanto scemo? No. Per quanto incoerente e strampalato e improvvisato, Adrians aveva una sua intelligenza. Sapeva fare piani. Il piano non era interessare me. Il piano era mettersi in mostra davanti a me, manifestarsi con una qualunque forma di presenza, senza domandarsi se la moda o la parruccheria femminile corrispondessero ai miei gusti, e senza neppure temere di fare brutta figura con la condivisione di roba tanto frivola e tanto incongrua. Io ero il suo pubblico e, in quanto pubblico, non avevo altro diritto che quello di beccarmi qualunque cosa lui decidesse di propormi. Per lui ero stato sempre e solo pubblico; e un simile ruolo, nonostante al Randolph avesse deciso di lasciarmi, o almeno, come vedremo, di attribuirmi un'altra funzione (che se lo fosse dichiarato non è certo, anzi tenderei a escluderlo, non solo rispetto alle già numerose dimostrazioni di vaghezza che mi aveva fornito nel corso dei mesi, ma anche alla luce di quello che avrei presto scoperto), non me lo toglieva. Non poteva permettersi di togliermelo. Quale migliore spettatore di me? Da chi mai aveva ricevuto tanta e tanto sopraffina attenzione? Io, certo, gliene davo perché volevo lui. Di attenzione, in ogni caso, si trattava. E lui questa voleva da me; non che volessi lui. Su un equivoco tanto semplice avevo costruito il mio amore. Io ero solamente attenzione incarnata e lui sotto i miei occhi era fin dal primo momento solamente cosa autoesibita.

D'altra parte, l'esibizionismo è proprio, in modi e gradi diversi, di tutti coloro che finiscono su Grindr, cuccioli in primis. Esisto perché mi replico in immagine; esisto nella duplicazione digitale di me. Sono quella foto del profilo, e la foto che ti mando in privato, e, quando mi metto veramente di impegno, il piccolo video porno in cui faccio pompini o mi faccio inculare. Anche video, infatti, ne arrivavano parecchi. Non sono mai serviti a invogliarmi a incontrare il cucciolo che me li spediva, a infondermi il desiderio di fargli quello che gli stava facendo un altro daddy nella scena filmata, e neanche a certificarmi la sua bravura sessuale. Servivano, però, a lui a darsi una realtà: a diventare sé nel fantasma di sé. Come dire: il mio corpo fisico non è sufficiente a diventare rappresentazione di me, neppure nell'agire, nella pratica reale, neppure quando lo prende nel culo o in bocca: è, piuttosto, oggetto di un'altra rappresentazione, dove l'io in carne e ossa non ci sarà più; dove l'io sarà foto e film, nient'altro.

Ora so che tutta la comunicazione che intrattenevo con Adrians non era che pornografia. Lui pornografizzava sé in ogni selfie, in ogni video, e al tempo stesso pornografizzava me facendomi spettatore dei suoi infingimenti. Si badi: quei selfie e quei video non erano appendici, ma erano la sostanza del nostro rapporto. Non erano cartoline illustrate: erano il luogo stesso. Che virtuosismo, se ci pensate! Riuscire a dare statuto di film hard a un sorriso innaturale, al fiato che si perde nella notte, a un bicchierone di caffè americano! Perfino alla luna! Anche l'allenamento eccessivo, che gli plasmava gambe e braccia da gigante, era pornografia: perché metteva un secondo falso corpo su quello vero. Pornografici non erano i muscolacci in sé (non sto parlando, infatti, della volontà o capacità di arrapare): pornografica era la duplicazione. Il vero corpo di Adrians, infatti, non era quello che vedevo, ma quello che ci stava sotto, un *soma* originario e immateriale, che io forse incontrai solo nei rapporti sessuali, specie nel primo, anzi, del tutto, a pensarci bene, *solo* nel primo. Lo sberlone involontario che ricevetti al Randolph me lo diede il corpo pornografico, il doppio ipertrofico, il *sema* ("segno", ma anche "tomba" in greco antico), chiamiamolo così. E se la prima volta, nella camera da letto della buona Monica, il suo stile sessuale ricordava quello del pornodivo, la dimensione pornografica era puramente esteriore, tutta raccolta nella spessa tunica di pettorali, bicipiti, tricipiti, quadricipiti e via dicendo che manubri e bilancieri e kettlebells avevano costruito e continuavano a costruire di giorno in giorno. La prima volta scopai, appunto, il *soma*, e questo animò tutta l'impalcatura del fisico eccessivo e arrapante che io, mentre lo possedevo, scambiavo per l'altro. Una confusione bellissima, ma anche tragica, perché fonte di una catena di errori.

Quella prima volta il corpo vero mi parlò distintamente da dietro la parete muscolare, e io fui pronto ad accoglierne il messaggio, l'SOS. Il *sema* lo lasciò fare, perché sapeva, demonio, che io non sarei stato in grado di distinguerli, i due corpi, e, dunque, non sarei andato in soccorso del prigioniero. Poi, però, basta; di scopare con me ad Adrians passò la voglia, perché il corpo finto proibì che io mi familiarizzassi di scopata in scopata con il corpo vero, il corpo nascosto, sempre più sepolto, che chiedeva amore sotto il travestimento.

Sarà anche per questa abitudine a coprirsi – coprirsi di strati posticci – che ad Adrians piaceva la moda. Il corpo finto gli aveva insegnato a inchinarsi a tutti gli involucri. Purché a suggerirli non fosse un estraneo. Ecco perché, suppongo, rifiutò la *yukata* che io gli offrivo al Randolph. Fu *costretto* a rifiutare. Come non sospettare, infatti, che io gli stessi porgendo una divisa per evadere?

Con Fulvio rimasi in contatto ancora un po', seppure in modo sempre più irregolare e timido, in un estenuato strascico di corrispondenza, che, se non era che un residuo dello scambio delle prime due settimane (il file in cui ho riversato tutti i messaggi WhatsApp di quel periodo conta oltre settanta pagine!), serviva pur sempre a distrarmi dalla miserrima realtà che era diventata... come chiamarla?, la spettrale persistenza di Adrians.

Partito da Brescia, avevo lasciato passare qualche giorno prima di ricontattarlo. Della sua follia ero sazio. Anche lui tacque, ed escludo che lo avrei mai più sentito se non avessi ripreso io i contatti. Doveva credere di essersi esposto troppo, o forse pensava di non essermi piaciuto. O forse io non ero piaciuto a lui. Come antagonista (o controfigura del vero nemico, suo padre), dopo tutto, non ero stato un granché. L'avevo contrastato solo fino a un certo punto, senza soddisfare a pieno la sua sete di vendetta. Lui cercava il mio annientamento e io l'avevo costretto a piegarsi a un trattato di pace.

"Sta bene il mio bambino?"

Rispose subito con una faccina sorridente: 😊. Ero contento di aver rotto il silenzio; di non essermi aggiunto fatalisticamente alla schiera dei tanti che lo avevano respinto.

Andammo avanti a scriverci fino alla fine di giugno. Il papi gorillone, però, non c'era più, svanito in uno sbuffo di fumo. *Ceu fumus in auras*, avrebbe potuto dire Fabrizio, citando l'*Eneide*. Adesso sì che avevamo entrambi di che esultare! La distruzione ultima era compiuta. Tutta quanta la fauna che eravamo stati era sparita, estinta. Un'immensa strage. Resisteva, nell'eco evanescente dei massacrati, un po' di dolcezza; la malinconia della giungla svuotata. Riuscì a dirmi che gli ero entrato nel cuore. Mi chiese anche se sarei mai più tornato a Brescia. Gli dissi che sarei tornato all'inizio di ottobre. Rispose con una faccina sorridente: ☺. Era finito il tempo delle faccine con la lingua ciondolante e dei gorilla. E delle proteste contro la lunga attesa. All'inizio di ottobre andai a Brescia, ma nemmeno per un attimo ebbi la tentazione di farmi vivo. Anche lui lasciò perdere, sempre che avesse tenuto a mente la data del mio ritorno. Meglio così. Stupido pensare che avremmo potuto agire diversamente.

Non dico che le cose vadano sempre come devono andare. No. Io non penso che le delusioni siano per forza il risultato più naturale di certi eventi. Le cose, infatti, sarebbero potute andare in altro modo. Le correzioni, però, è in grado di apportarle solo una relazione amorosa, dove due persone, per creare finalmente l'armonia mancata, permettono ai difetti del passato di ridiventare potenzialità, cioè di riconvertirsi in presente e, dunque, di agire per la futura felicità di entrambi. Io e Fulvio non saremmo mai stati capaci di ricreare alcuna armonia, cioè di trasformare il già accaduto. Ripensai al suo compagno, Franco. Non mi stupiva che lo tenesse in ballo da cinque anni. Era già un miracolo che non si fosse volatilizzato. Forse aveva messo soldi nella proprietà e non era disposto a perderli e si stava maledicendo per aver commesso un simile errore. Mi sarebbe piaciuto incontrarlo, sentirlo parlare di Fulvio, scoprire se a lui le botte piacesse prenderle, se da lui Fulvio si lasciasse scopare ogni tanto o se offrisse sempre lui il culo a Fulvio (un daddy totalmente passivo...?). Un po' di masochismo di certo albergava nel buon cuore di Franco.

L'ultimo saluto glielo mandai verso la fine di maggio dal Galles, dove avevo portato Monica per un lungo weekend con il desiderio di scusarmi per il comportamento infame che avevo tenuto a Cuba. Stavamo camminando su uno degli orli più belli della Gower Peninsula quando, poco prima di mezzogiorno, una nebbia grandiosa volò dal mare sulla terraferma. Riuscii a fotografare un'ultima casina isolata, accoccolata in una piega della montagna, un attimo prima che il biancore cancellasse tutto. Spedii la foto a Fulvio, con queste parole: "Qui il papi e il suo bambino potrebbero passare giorni felici, lontano da tutti, invisibili anche all'aria". Rispose: "Magari".

L'impastatrice risucchiò i capelli della Rossana. Risucchiò anche la mia ultima illusione, perché quell'incidente allontanò Fabrizio definitivamente da me. Oltre a un'ampia porzione del cuoio capelluto, andarono perdute anche tre dita, che avevano avuto la stupida pretesa di ripigliarsi le ciocche ingurgitate. Ancora sento nelle orecchie il ruggito della poveretta, che fece spalancare bocca e occhi a tutti i presenti e schizzar via dai rami del viale antistante tutti i passeri. Il primo a correre fui io. La trovai svenuta, riversa e insanguinata come un soldato. Spensi subito la macchina. Gli altri, compreso quel campione d'efficienza che era Alessio, se ne stavano imbambolati sulla soglia. Dopo che l'ebbero caricata sull'ambulanza, ripulii le piastrelle e il pavimento. Fabrizio si rimise alla cassa come se niente fosse avvenuto e ordinò a ognuno di riprendere il suo posto. Quel giorno, però, non fischiettò nessuna aria. Dell'incidente informò la moglie solo la sera, in mia presenza.

Lei disse, guardando me:

«Siamo rovinati.»

Lo disse come avrebbe potuto dire: "Ben ti sta, ben le sta, ben vi sta...".

Lui le assicurò che la Rossana non l'avrebbe mai denunciato.

E lei, implacabile:

«Se non ti denuncia lei, ti denuncerà il marito!»

E lui:

«Li pagheremo...»

«Quanto? Quelli vorranno portarti via anche le mutande.»

Era convinta che neppure tutto l'oro del mondo sarebbe bastato a fermarli. Tanto valeva chiudere subito. Adesso anche lo sguardo indagatore di Teo sembrava una protesta contro l'eventualità di una denuncia.

Pensai di andarmene. Ogni giorno me lo ripromettevo. Che ci restavo a fare ormai a Rimini? Invece, restavo. Restavo perché amavo Fabrizio e non smettevo di aspettare che tornasse a scoparmi. Ancora mi domando come sarebbe potuta essere la mia vita se non avessi trasformato quell'uomo nell'idea stessa di vita. Non sarei mai andato in America e non avrei incontrato Alex... Forse non sarei neppure vivo.

Mara, tra l'altro, non mi tollerava più. La mia presenza, certo, la mia stessa faccia non dovevano essere rallegranti, per quanto defilato mi tenessi. Ormai consumavo sempre la cena di sopra, lontano dai suoi occhi, rileggendo tra le lacrime i pessimi romanzetti porno dall'aggettivazione sdrucciola. Lei, senza preoccuparsi di controllare il volume della voce, diceva al marito che non era più il caso che io rimanessi lì, con tutto quello che stava succedendo.

Lui non mi rivolgeva più la parola dal giorno della sfuriata. Né era mai più salito in camera mia. Non ruppe il silenzio neppure per ringraziarmi di aver pulito via il sangue della Rossana. La mattina usciva di casa senza di me.

Circa una settimana dopo l'incidente, Mara, un attimo prima che corressi alla fermata dell'autobus, mi porse una busta. Notai che la sua faccia era ancora più brufolosa.

«Qui c'è la tua paga» disse. «Tutto il mese, anche se non siamo neanche arrivati alla metà.»

Vedendomi piangere, cambiò atteggiamento. Dopo tutto, eravamo soci di sventura.

«Non prendertela, sù! Fabrizio è fatto così. Prima adora le persone, poi le cancella.»

Accese una sigaretta e si sedette vicino a me, senza curarsi degli strilli di Teo, che era rimasto al piano di sopra.

«Ha cancellato anche me. Lo sai che non abbiamo più rapporti da almeno due anni? Non ci diamo più neanche la buonanotte. Gli faccio schifo. A un certo punto si alza e va in salotto ad ascoltare l'opera. Ormai non me ne fotte più niente. Io non lo aspetto più. Pure lui fa schifo a me, adesso. Gli ho detto: "Appena trovo l'uomo giusto, qui non mi vedi più". Sai che cosa mi ha risposto? Niente. Non una parola. Da lui non verrà mai una parola. Alla fine mi sono innamorata del mio proctologo. Che spirito! Ha quasi settant'anni, ma ne dimostra sessanta. Purtroppo è sposato. Sai che Fabrizio, quando gli ho detto che mi ero innamorata di un altro, non ha battuto ciglio? Come! Ti dico che vorrei andare a letto con un altro e tu non batti ciglio? Ma che uomo sei? *Omm'e merda!* Ho resistito abbastanza. Lascio passare l'estate e me ne torno a Napoli. E poi si vedrà. La vita è piena di sorprese... Non piangere, dai! Perché piangi? Sei un ragazzo, dovresti saltare dalla felicità! Scappa da questa fogna. Non hai proprio niente da perdere. Prima o poi scappo pure io, lo giuro. Sù, va' a preparare la valigia. Avanti, prendi 'sti soldi.»

Accettai la busta e mi asciugai gli occhi con il dorso della mano. Andai nel loro bagno, feci razzia di pastiglie e ne ingoiai un centinaio, prendendo lunghe sorsate dal rubinetto.

«Sbrigati, che il taxi tra poco arriva» gridava Mara di sotto.

Riaprii gli occhi davanti a due sconosciuti, vestiti di verde. Io cascavo dal sonno e quelli mi costringevano a camminare. Uno di loro continuava a schiaffeggiarmi perché non mi addormentassi. A un certo punto, almeno un'ora dopo, che non lasciò alcuna traccia nella mia memoria, un tubo mi scese fino allo stomaco e cominciai a vomitare litri d'acqua. A parte il dolore fisico, l'unica altra cosa che avvertivo era l'astio degli infermieri. Mi portarono in una piccola stanza male illuminata e lì mi abbandonarono ordinandomi di non addormentarmi. Davanti al mio letto comparvero mia madre e mio padre. Come avevano fatto ad arrivare così in fretta? La mattina dopo fui dimesso e tornai con loro a Milano, senza aver rivisto Fabrizio neppure un istante.

Dopo la vacanza gallese, Monica andò a Rio de Janeiro per un convegno e io rimasi a casa sua con la gatta. Avrei avuto tutto il mese di giugno per chiarirmi con Adrians. State ridendo del verbo che ho usato? Fate bene. La chiarezza per Adrians non esisteva. Come mi ritrovai da solo, gli scrissi. "Sono a Oxford." Non tradì né sorpresa né contentezza né dispiacere. Né domandò perché non lo avessi avvertito del mio arrivo con un po' di anticipo. Che andassi o venissi a lui non cambiava nulla. Lo invitai a cena per quella stessa sera. Mandò una faccina sorridente. Gli comunicai che cosa avrei cucinato: un'insalata mista, gnocchi, salmone e contorno di peperoni. Rispose: "love gnocchi love salmon love peppers". Fornisco queste informazioni non per amore dell'ornamento, ma affinché non vi venga in mente che gli avessi fatto un invito generico di cui si potesse dimenticare o che potesse lasciar cadere senza colpa. Avevo una gran voglia di rivederlo. Forse l'avevo sempre avuta e solo adesso, davanti alla possibilità di soddisfarla, mi autorizzavo ad ammetterlo a me stesso.

Poiché la sera era mite e chiara, preparai la tavola in giardino, tra gli alberi fioriti. Tosai anche il prato e diedi qualche sforbiciata alle frasche del glicine.

Il suo arrivo era previsto per le otto e mezzo. Per le nove non si era ancora fatto vedere. Lasciai passare un altro quarto d'ora. Non avevo alcun desiderio né di arrabbiarmi né di sbalordirmi. Anzi, avrei voluto prolungare quel suo ritardo all'infinito. Adrians, sì, ti prego, continua a bidonarmi, continua a rovinare, continua a demolire! Come fai? Io non lo saprei mai fare così bene! Continua a credere che io non mi accorga di niente! Continua a pensare che la tua immagine non possa uscirne spappolata! Fino a dove sei capace di arrivare? Ah, poterti fissare negli occhi senza rimprovero finché tu non dissolva anche l'ultima promessa di dolcezza! Ah, avere la pazienza di lasciarti ridurre in polvere l'intero creato!

Sparecchiai, quasi euforico, con la stessa cura con cui avevo apparecchiato; e mi ritirai in cucina a mangiare un boccone. Nella ciotola della gatta buttai tutto il salmone. Lui mi scrisse verso le undici: "just woke up". La classica tattica del sonno. Come avevo fatto a non aspettarmelo? Dimenticare semplicemente l'appuntamento non bastava. O rifiutarlo. Lui doveva tenermi a bada con uno dei suoi letarghi. Seguì un selfie. La testa era appoggiata sul cuscino, le guance erano arrossate. Affanculo. "No problem" gli scrissi. Solo mostrandogli che non mi importava nulla, solo risparmiandomi la faticosa esibizione dell'odio potevo collaborare al suo stupendo programma di abbattimento.

Non mi crederete, ma dovete credermi: non si scusò. Che, poi, in inglese è così facile scusarsi! Basta dire *sorry*. In Inghilterra i *sorry* si sprecano nel corso di una giornata. Lui me l'aveva detto solo una volta in tutti quei mesi, dopo aver appreso che ero vedovo. Aggiunsi: "Ti sei perso un'ottima cena". E per metterlo alla prova rifeci l'invito: "Tomorrow?". E che cosa rispose? Rispose – lo so, non sembra credibile neppure questo, ma giuro che è la verità: "ok". Urrà! Grazie, Adrians!

Cominciava a diventare prevedibile, ma di sorprendermi era tuttavia capace. Il pomeriggio seguente, intorno alle cinque, mi scrisse: "where are you im at your friends house". Stavo passeggiando a Port Meadow, lungo il canale. C'era il sole e gli uccelli cantavano. Nell'acqua un uomo nuotava con un cigno. Chi gli aveva detto di presentarsi a casa di Monica con tre ore di anticipo? Avrei dovuto infischiarmene. Invece, risposi che stavo rientrando. Ancora pochi minuti e sarei stato a casa. Per paura che andasse via feci la strada di corsa. Quando arrivai, era ancora lì. Si teneva al cancelletto con una mano e con l'altra premeva il cellulare all'orecchio, dandomi le spalle. Mi tenni a una certa distanza per riprendere fiato senza attirare la sua attenzione. Non capivo le parole che diceva, ma dal tono sembrava che fosse impegnato in una telefonata seria. Com'era diverso! O avevo già dimenticato il suo aspetto? Appariva goffo, troppo grosso, perfino sgraziato. Non era più bellissimo, no. Aveva del pupazzone.

«Adrians...» sussurrai.

Mi piaceva ancora pronunciare il suo nome. Si staccò dal cancelletto, continuando a parlare. Alzato l'indice, mi invitò a pazientare.

Non ci vedevamo da due mesi e non ci saltavamo al collo. Neppure dopo che ebbe chiuso la telefonata, ci toccammo. Entrammo in casa in silenzio. Qui si lascerà andare, pensai. Qui, dove mi ha incontrato, si emozionerà... Invece no. Non disse una parola. Non gli uscì dalla bocca: "Sono contento di essere qui di nuovo... Qui mi innamorai di te... Qui nacque il legame che mi impedì di farmi scopare raw da altri a Barcellona". Andò dritto nel soggiorno e si stese sul divano. Mi buttai su di lui, convinto che stesse aspettando una mia mossa. Scansò la mia bocca. Gli baciai il collo e i bicipiti. Provò a divincolarsi. Diceva che gli facevo il solletico. Riuscii a tirargli su la maglietta e gli leccai i capezzoli e la pancia.

«Stop» ripeteva, contorcendosi come un bambino.

«Why?» gli domandai, mentre gli accarezzavo le gambe immense.

Non si rilassava. Il cazzo non gli si drizzava.

«I want things to be nice between us» disse.

Che frase era? Da quando un bacio non era *nice*? Mi misi a sedere sulla poltrona. Lui si infilò la maglietta nei pantaloni e disse, come se avesse voluto riparare, che non faceva sesso da febbraio. Sì, l'ultima scopata l'aveva fatta con me. E allora? Questo doveva bastarmi?

Mi mostrò un brutto segno sul braccio, il morso di un ragno. L'aveva cercato tutta la notte per ammazzarlo, ma non l'aveva trovato. Mi chiese di parlargli di Cuba. Io non avevo nessuna voglia di parlare di Cuba. Gli avevo già detto abbastanza del mio viaggio nei messaggi che mi prendevo la pena di inviargli da laggiù con cadenza quotidiana, a dispetto delle continue difficoltà tecniche. Se non li aveva letti o li aveva letti distrattamente o li aveva dimenticati, pazienza. Non me ne importava più niente; neanche di aver perso tempo a scrivergli.

Mi raccontò che il giorno prima era entrato in bicicletta nel parco del Christ Church e un inglese gli aveva urlato dietro che era proibito attraversare il parco in bicicletta. Allora lui era sceso dalla bicicletta e gli aveva risposto: «Contento?». Ma l'uomo aveva continuato a rimproverarlo. Mentre mi riportava questo futile episodio, aveva gli occhi pieni di scherno.

«Ripòsati adesso» gli dissi.

Si stese di nuovo sul divano e si addormentò. Gli buttai addosso una copertina e mi chiusi nello studio di Monica, al piano di sopra, a rimuginare. La gatta venne a occupare la poltrona vuota e con le unghie si tirò sul muso un angolo del plaid. Aprii la finestra.

La sera cresceva lentamente, limpidissima. Non lo scoperò mai più, pensai.

fuck me raw...
fuck me raw...
fuck me raw...

Si ricordava di avermi contattato con quelle parole? Quando e a chi le avrebbe ripetute? Come suonavano struggenti adesso! Le parole di un morto...

Sceso il buio, tornai di sotto. Stava dormendo profondamente. Russava! Stavolta mi limitai a preparare una frittata e un'insalata. Lo svegliai e gli dissi di venire a tavola. Non sapevo come prendere il discorso, ma una precisazione volevo farla, anche a rischio di irritarlo o di essere frainteso.

«Adrians, tu davvero credi che il sesso non sia una delle cose *nice* della vita?»

Finse di non avermi sentito.

Allora continuai:

«Per me lo è. Non lo dico perché ti voglia convincere a venire ancora a letto con me. Se non ti va più, d'accordo. Voglio solo che ti sia chiara una cosa: che prima, saltandoti addosso, intendevo proprio essere *nice*. Ci tengo a sottolinearlo, perché davvero credo che il sesso sia la cosa più *nice* della vita e non smetterò mai di crederlo... Il sesso, per me, è amore. Non accetto che tu possa credere che io gli attribuisca un significato diverso.»

Sapevo di parlare ormai a un estraneo, di parlare da estraneo, senza secondi fini. Stavo solo difendendo le mie idee. Ne avevo tutto il diritto. Anzi: era un mio dovere difendere le mie idee. Mi era passata la paura di perderlo. Adesso non desideravo altro. Non ero solo. Avevo il mio Alex, che non mi aveva mai lasciato un momento.

Non mi rispose neanche questa volta. In realtà, una risposta stava per arrivare, indiretta, divagante, come dettava la sua retorica. Una risposta terribile. Oggi penso che, dopo avermi respinto con quella ragione per me incomprensibile, fosse rimasto a cena proprio per tirar fuori l'orrore.

Cominciò, al solito, dai già tante volte menzionati problemi dei suoi genitori. Poi, con il tono leggero che gli era consueto, infilando un errore grammaticale dopo l'altro, aggiunse che, quand'era bambino, si divertiva a raccogliere le bombe inesplose dei russi e a nasconderle sotto il divano della nonna, la madre di suo padre. Lei, la nonna, si allungava su quel divano ogni pomeriggio e schiacciava un pisolino, ignara del pericolo mortale che correva. Questo fatto me lo ripeté più volte, come se cercasse di ficcarmi nella testa una cosa parecchio difficile da capire. Intanto ridacchiava.

«Granny slept on a bed of ammunition every afternoon.»

Io mi raffiguravo un paesaggio verde a perdita d'occhio, una casina solitaria, un bambino dolce e biondissimo, intento a stipare gli ordigni nell'ombra come mele da consumarsi nei molti mesi del prossimo freddo, e... BUM! Tutto, all'improvviso, in pezzi, tutto in cenere: corpi, cose, sogni. Per fortuna non ci fu nessuna esplosione. Un giorno una granata rotolò nel mezzo della stanza. La nonna la notò un attimo prima di calpestarla e chiamò gli artificieri.

La cosa più tremenda, comunque, era un'altra, che non so come Adrians abbia avuto la capacità di confidarmi. Per tutta la sera, d'altronde, non aveva fatto che saltare di palo in frasca. All'improvviso, mentre gli servivo una seconda fetta di frittata, lo sentii raccontare che il papà... be', forse involontariamente, per sbaglio... aveva... sì, aveva ucciso il nonno.

«Maybe it was just accidental...» ripeteva.

Il nonno stava picchiando la nonna e il papà, per salvarla, gli aveva dato uno spintone; e il nonno aveva battuto la testa contro lo spigolo del camino. Di questo incidente a lui aveva parlato la mamma, che doveva averlo appreso dallo stesso papà. La nonna, infatti, non faceva mai alcun riferimento al passato della famiglia. Il nonno era stato portato in ospedale e tenuto in osservazione. Il quarto giorno era tornato a casa, perché secondo i medici andava tutto bene. La mattina dopo la nonna l'aveva trovato morto nel letto. Questo era avvenuto prima che il papà sposasse la mamma. Siccome era già nella polizia, non gli era successo niente. Non c'erano stati né indagini né processi. Niente di niente.

Lo guardavo masticare la frittata e pensavo con sollievo: Quando sarà uscito di qui, non lo rivedrò mai più.

«I'm moving back to London» disse.

Lo comunicò semplicemente, senza enfasi, senza la faccia di uno che condividesse una notizia importante o avesse cambiato discorso senza preavviso.

Ancora una volta mi prendeva in contropiede.

Non mi mostrai minimamente sorpreso (ed ero molto più che sorpreso) e mi congratulai con lui.

«Quando ti trasferisci?»

«Tra due settimane.»

Gli avevano offerto la direzione di un negozio di abbigliamento a Soho. La paga era molto migliore che al negozio di Oxford. Gli davano pure un piccolo appartamento.

«Verrai a trovarmi a Londra. Potrai stare da me.»

Non aveva l'aria di uno che scherzasse.

«Ti auguro tutta la felicità, Adrians» dissi.

Sorrise.

«You are angry.»

«I am not angry, Adrians. Why should I be angry? I am happy for you.»

Io stavo solo pensando che avevo provato a ottenere il cuore del figlio di un parricida.

Prima di Natale arrivò una lettera di Fabrizio. Poche righe, che mi restituirono la voglia di vivere. Fosse anche stata intercettata dai miei, quella lettera non lo avrebbe compromesso. Vi era scritto solo che sperava che io mi fossi ripreso e che l'università mi piacesse, e mi chiedeva di mandargli mie notizie. Lo chiamai subito al bar. Dissi ai miei che andavo via con Luigi per il weekend (loro ignoravano che avevamo smesso di frequentarci fin dall'inizio dell'estate) e raggiunsi Fabrizio a Bologna.

Nei mesi seguenti ci rivedemmo altre sei o sette volte. L'albergo era sempre lo stesso. Il copione pure. Veniva a prendermi alla stazione, mi portava a cena, mi scopava in camera fino all'alba. Tra un incontro e l'altro gli scrivevo lettere disperate e pensavo a lui ininterrottamente. Scrivevo anche poesie per lui. Queste, però, rimanevano a me. Non ho mai trovato il coraggio di spedirgliele. Ancora devo averle da qualche parte. E cominciai un romanzo sul nostro amore. Anche lui mi scriveva, ma molto meno di quanto io scrivessi a lui. Gli avevo chiesto di usare l'indirizzo di Monica. Le sue lettere, benché assai meno espansive, mi esaltavano. Non smettevo di leggerle. Una, la più bella, me la misi nel portafoglio. Confessava che solo adesso capiva quanto fosse stato stupido a cercare di dimenticarmi; che non mi avrebbe mai potuto lasciare. Purtroppo, non l'ho più, quella lettera, perché il portafoglio in cui la conservavo mi fu rubato in America. Ancora non so dire con sicurezza che cosa rappresentassi per lui. Non so nemmeno perché ogni tanto accettasse di incontrarmi. Sì, diceva che mi amava, ma non credo che fosse vero. Neanche allora lo credevo. In uno degli ultimi incontri bolognesi, durante la cena, mi raccontò allegramente che era andato a letto con moltissimi altri, giovani e no, compreso Alessio: avete letto bene, quel verme di Alessio. Si era scopato anche Lorenzo, il ragazzo della Lorena (e poi marito della stessa, essendoci scappata la gravidanza). Si era scopato, in pratica, tutti quelli che conoscevo. E chissà quanti altri. Pure Fabio, il sedicenne, quello che lavava a mano i bicchieri della birra alla spina. La fame mi passò di colpo.

«E Silvio?» gli domandai, augurandomi che almeno uno gli fosse sfuggito.

Ci pensò su un momento, con aria maliarda.

«Un paio di volte.»

Capivo che non intendeva ferirmi, ma era in errore se pensava che io non mi sentissi ferito. Lo amavo di meno e tuttavia lo amavo.

«E io, in conclusione, che cosa sono stato per te?» trovai la forza di domandargli.

«Tu? Tu sei l'unico che mi abbia reso l'onore di un tentato suicidio! Dici poco? Nessun altro è stato capace di un simile record. Tu sei – mi permetti di usare un'espressione vagamente vieta? – il mio *arc de triomphe*.»

Non ci scrivemmo e non ci vedemmo mai più, ma continuai a pensare a lui per anni, anche dopo aver conosciuto Alex. Come mi sarebbe piaciuto che Alex lo incontrasse e mi desse il suo giudizio sull'uomo! Gliene parlai diffusamente, e lui mi ascoltò ogni volta con grande attenzione, senza che dalla sua bocca uscisse mai una parola sul suo conto, né buona né cattiva. Per fortuna a quel punto ci separava un oceano. Ogni tanto mi domandavo: Starà ancora con la moglie? E Teo come sarà diventato? E poi: Chissà se Fabrizio è morto. Ora lo sarà di sicuro. I miei uomini sono tutti morti.

Io non mi sentivo gay – non in un senso sociale, intendo. Né pensavo che Luigi o tanto meno Fabrizio lo fossero. Non frequentavo locali, saune o discoteche; neppure sapevo precisamente dove si trovassero, i gay. Mi credevo raro, se non unico, non uno di loro. Loro erano i froci, gli invertiti, quelli che suscitavano l'odio di mio padre. Durante l'università feci amicizia con un certo Milo. Mi parlò degli sconosciuti con i quali aveva fatto sesso a Mykonos l'estate precedente. Dava per scontato che noi due fossimo simili. Mi incoraggiava a far sesso con altri – nei parchi o all'ortomercato, la notte, o alla fossa, vicino al Castello sforzesco, dove gli uomini scopavano in mezzo agli alberi pure in pieno giorno. Gli dicevo che le cose per me non stavano così, che il sesso non mi importava. Non quel tipo di sesso, almeno. Finii per detestare la sua insistenza e non lo vidi più. Diventai allora amico di un certo Raul, altro mio compagno di studi. Raul mi assomigliava di più. Anche lui aveva avuto un solo grande amore, un cugino. Neanche il suo esempio mi aiutò.

Negli anni seguenti puntai solo su uomini sbagliati, che non erano disposti a darmi niente, tutt'al più la gioia di mostrarsi affascinati da me e lusingati dall'amore che provavo per loro. Per cui per molto tempo, fino a che non partii per l'America, mi capitarono innamoramenti infruttuosi, squilibrati, dove l'altro non aveva da offrirmi che solitudine, oppure si legava a me in modo ambiguo, negandosi in una continua, vaga promessa di sé. Persi la testa per un norvegese, Ole, che incontrai un'estate a Londra, prima di laurearmi. Era sposato, sebbene avesse solo un paio d'anni più di me. Cominciammo a corrispondere. Le sue lettere traboccavano di passione e di nostalgia. Credetti che si fosse innamorato di me. In autunno venne a Milano con la moglie. Li incontrai un paio di volte e ogni volta ebbi la netta sensazione che tra me e lui ci fosse un'intesa segreta. A capodanno andai io da loro a Oslo. Poco dopo il brindisi di mezzanotte Ole si appartò in camera da letto con un'amica della moglie. Lei li sorprese, cacciò l'amica, cacciò tutti, me compreso. Rividi Ole il giorno dopo, nel bar dell'albergo dove mi ero rifugiato. Mi disse che con Ingrid (così si chiamava la moglie) era tutto sistemato. Lei, passato qualche tempo, mi mandò un fax in cui mi diceva che potevo scordarmelo che il marito la lasciasse per me (per fortuna i miei non capivano l'inglese). Lo lasciò lei poco dopo, per fuggire a Parigi con una donna.

Anche rapporti così vaghi e così frustranti mi bastavano, finché duravano, come se mi ritenessi indegno di altro. Ci rimettevo sempre. Una volta, ci rimisi anche un dito. Conobbi in un bar di via Festa del Perdono un certo Mariano, un bel ragazzo muscoloso, con una chioma stupenda e due grandi occhi azzurri, che studiava legge. Con lui raggiunsi presto un certo grado di confidenza. Ci sentivamo al telefono e passavamo noi due soli il weekend sul lago di Como, in una casa dei suoi. Sebbene ci fossero parecchie camere, dormivamo nella stessa, e pure nello stesso letto. Restavamo a lungo svegli, zitti, ascoltandoci respirare al buio. Forse ognuno aspettava che l'iniziativa la prendesse l'altro. O forse pensavamo di esserci cacciati in un vicolo cieco. A un certo punto, per uscirne, fingemmo di esserci innamorati tutti e due di Monica, alla quale lui piaceva per davvero. Una sera, a Milano, a casa di lei, durante una cena, Mariano mi prese la mano destra e, sotto gli occhi di tutti, con il sorriso sulle labbra, mi spezzò l'indice. Dopo di che si buttò all'indietro, cadendo gambe all'aria.

Mi laureai in fretta e partii per l'America, essendo riuscito a evitare il servizio militare a causa della febbre da fieno. Me ne andavo lontano, e me ne andavo per non tornare. Mio padre prese la mia emigrazione per un ultimo affronto. Capiva benissimo che fuggivo da lui. Si sarebbe sempre rifiutato di parlare dell'America. Perfino durante le settimane che precedettero la mia partenza fece finta di niente. Mi lasciò partire senza salutarmi. La parola *America* non sarebbe mai più uscita dalla sua bocca – non davanti a me, almeno. Cancellò un intero continente pur di non darsi per sconfitto. Ora so che lo ferii ancora più profondamente di quanto mi sarei aspettato. Al telefono, quando chiamavo, si limitava a dire:

«Ti passo la mamma.» O se lei non era in casa: «Richiama all'ora di cena, che la trovi di sicuro».

Nient'altro. Nemmeno: "Che tempo fa là?" o "Che ora è adesso a New York?".

Né, dopo che rientrai in Italia con Alex, mi domandò mai che cosa fossi andato a fare in America o come ci vivessi, come sbarcassi il lunario e se New York fosse bella o brutta. Che ci avessi preso un dottorato in letteratura comparata non doveva importargli niente. Quando seppe di Alex, chiese a mia madre di ordinarmi di sparire. Lui e Alex non si sarebbero mai incrociati neppure per caso. Né io l'avrei mai più rivisto vivo.

Avevo scelto Kissamos, benché fosse molto distante da Cnosso, dietro suggerimento di Monica, che ci era già stata parecchie volte. Il labirinto l'avrei visitato alla fine, prima di riprendere l'aereo. Se le avessi detto che andavo a Creta per soddisfare un antico desiderio di Alex, mi sarei attirato addosso la sua derisione. Lei non era minimamente romantica; e non sopportava che io continuassi a comportarmi da vedovo nostalgico. Le venne il sospetto che partissi con Adrians, e ci misi un po' a convincerla che partivo da solo, e che avevo bisogno di stare da solo, lontano, per qualche settimana.

«Ti farai un sacco di cuccioli cretesi, mi auguro» disse.

«Vedremo.»

Avevo disinstallato Grindr già da parecchi giorni e non avevo alcuna intenzione di reinstallarlo. Posso dirla con Manzoni? Addio suoneria che sconvolge la notte, addio menzogne e chimere e finte, e parole cretine, che sembrano nuvole di moscerini, e fotografie di persone inesistenti, addio culi e buchetti, addio narcisismi, addio fantasmi dell'uomo che non sono né sarò mai, addio impossibile felicità... Che sollievo dà cancellare dal display del cellulare quella mascherina gialla, identikit di nessuna faccia, forma di non vita, mente di non amore, e che speranza dà il pensiero che adesso il vuoto possa riempirsi di verità...

Atterrai a Heraklion di sera, con due ore di ritardo. All'autonoleggio ce ne misero un'altra per consegnarmi la macchina. Al distributore di benzina, subito fuori dall'aeroporto, persi almeno altri venti minuti, perché il serbatoio era vuoto. E avevo ancora quasi tre ore di viaggio. Sarei mai arrivato? La strada era completamente buia, piena di curve e sconosciuta; e la segnaletica si riusciva a leggere solo quando ci si passava davanti. Non andavo a più di cinquanta chilometri orari, stringendo forte il volante con entrambe le mani e maledicendomi per aver preso l'ultimo aereo della giornata. I muscoli del collo e delle spalle mi dolevano come se avessi passato la giornata a scaricare barili. Avrei voluto cantare, come quando viaggiavo con Alex, ma non ricordavo più una sola canzone. Avevo paura di smarrirmi, benché la strada corresse diritta e bastasse procedere verso ovest, come avevo letto e riletto su Google Maps. Avevo paura di cadere giù per una scarpata. Avevo paura che il motore si spegnesse all'improvviso. Avevo paura delle poche altre macchine che circolavano a quell'ora, in quelle tenebre. Quando ne vedevo comparire una dallo specchietto retrovisore, mi spostavo il più possibile verso destra, rallentavo e mi lasciavo superare; e tiravo un sospiro di sollievo non appena la vedevo sparire dietro la prima curva. Nonostante l'oscurità del cielo, si riconoscevano i profili delle montagne. Il mare, invece, non mandava nessun bagliore, perché non c'era la luna, né arrivava sentore di sale o rumore di onde.

Arrivai a Kissamos alle tre passate del mattino. Dormii fin quasi a mezzogiorno. Mangiai qualcosa al ristorante e scesi alla spiaggia. Il cielo risplendeva, ingombro qua e là da qualche nuvola. Nonostante la posizione protetta, il vento soffiava forte. Le onde erano alte e rombanti anche a riva. I granelli della sabbia colpivano la pelle come aghi incandescenti. Gli ombrelloni erano chiusi, le sdraio piegate e incatenate ai pali. C'erano pochissime persone.

Tornai in camera. Non avevo voglia di niente. Non mi ero

mai sentito tanto solo. Pensai al sesso. Sarebbe stato bello avere qualcuno da scopare. Neanche per un istante, però, ebbi la tentazione di tornare su Grindr. Mi buttai sul letto e da lì guardai a lungo la linea dell'orizzonte attraverso la finestra spalancata. Arrivò un saluto di Monica.

Le risposi: "Tutto ok" e scesi in piscina. Il vento soffiava ancora più forte. Volavano carte, foglie e sabbia. Perfino l'acqua della piscina si increspava. Mi tuffai, ma non potei fare più di una decina di vasche, perché mi mancava il fiato.

Dopo la doccia mi forzai a uscire per una passeggiata. Arrivai fino al porto. Una barca stava salpando. Senza neanche sapere dove andasse ci saltai sopra. Qualcuno mi disse che eravamo diretti a Balos. Costeggiammo la penisola, doppiammo la punta e facemmo sosta su un'isoletta disabitata. La maggior parte dei passeggeri si buttò nel bel mare. Io e pochi altri ci arrampicammo fino alle rovine di un fortino veneziano. Il sole bruciava e il vento soffiava con forza. Mi sedetti su un pezzo di muricciolo e, ansimando, guardai le alture prospicienti, opache nella luce, e la distesa del blu a destra, punteggiata di barlumi.

A Balos mi sistemai in fondo alla spiaggia grande. Lì non arrivavano né le famiglie né il vento. Il mare era quasi fermo verso la riva, bianco come l'acqua dolce. Le brulle colline avevano tinte calde e morbide; qualche stria di grigio. Solo un po' di verde picchiettava le pendici. Notavo tutto questo fingendo di essere Alex. Lui di fronte ai paesaggi più belli elencava sempre i colori.

Rientrai a Kissamos per la fine del pomeriggio. Comprai yogurt e grissini e mi ritirai in camera. Dal terrazzino, mangiando svogliatamente, vidi il cielo diventare arancione sopra i crinali e viola più sù. Il vento si era abbassato e le onde si erano fatte lunghe e morbide. Comparve uno spicchio di luna e in lontananza, sulla punta della penisola, si accesero alcune lucine. Chissà se erano case.

Nei giorni seguenti non mi allontanai dall'albergo. Mi alzavo tardi. Nuotavo in piscina o, se la trovavo occupata, nel mare, non dando troppa importanza al vento. Di pomeriggio riposavo in camera. Avevo portato un mucchio di libri, ma la lettura non mi attirava. Preferivo starmene a guardare le onde e i cambiamenti della luce dal mio terrazzino, allungato sulla sdraio. Così tiravo fino a sera. A volte mi addormentavo e riaprivo gli occhi quando già si erano accese le luci del promontorio.

Mi ripromisi di passare una notte a Balos. L'indomani acquistai una stuoia di gomma, una torcia, candele, un coltellino, bende, cerotti e disinfettante, grissini, yogurt, pomodori, frutta secca, spray antizanzare. Nel primo pomeriggio ripresi la barca. Alle quindici e trenta andai al baretto della spiaggia a comprare tre bottiglie d'acqua. Poi infilai la strada sterrata, a destra del baretto, che saliva, augurandomi che nessun altro avesse avuto la mia idea. Dalla cima vedevo tutti i corpi distintamente, quelli che camminavano, quelli che erano distesi, quelli che nuotavano o stavano accovacciati nell'acqua.

Venuto il tramonto, ridiscesi alla spiaggia e in una decina di minuti raggiunsi il punto panoramico del Capo Tigani per assicurarmi che non rimanesse nessuno. Tornai alla spiaggia, la percorsi fino in fondo e continuai sul bordo roccioso. Trovai un ampio cespuglio e mi sistemai lì vicino. Stavano spuntando già le stelle. Dopo poco accesi le candele, preparai il mio giaciglio e cenai.

Quella fu una delle notti più lunghe e più tetre della mia vita. Non ero abbastanza coperto e non avevo scelto un luogo abbastanza riparato dal vento, che soffiava impetuoso. Mi prese anche la paura di venir assalito dai granchi, dagli scarafaggi o da chissà quali altri tremendi abitatori dell'oscurità. Accesi la torcia, ma la spensi subito, pensando che la sua luce avrebbe indicato loro la mia posizione. Anche le stelle, che splendevano chiarissime in ogni parte del cielo, sembravano volermi aggredire. Quando l'orizzonte cominciò a sbiancare, non sapevo dire se avessi dormito o no. Se fossi vivo o no.

Come avevo sempre detto ad Alex, il labirinto era una presa in giro. Sir Arthur Evans, non contento di quello che la fortuna aveva conservato, aveva aggiunto pezzi, imposto contorni ai profili consunti, imbellettato e verniciato pareti, e si era inventato le funzioni di gran parte degli spazi. Il turismo, poi, aveva fatto la sua parte, avallando la grande menzogna dei restauri, contro cui anche troppo discretamente mettevano in guardia gli imbarazzati cartelli esplicativi.

Mi domandai, tornando alla macchina dopo una visita a dir poco precipitosa, se il mio fastidio non fosse uno sbotto di snobismo. Lo sentivo, Alex: "Però, devi riconoscere che attraverso questa simulazione la gente un'idea della storia se la riesce a fare. Sennò, che cosa potrebbe mai significare per la maggior parte delle persone una distesa di pietre sparse al suolo? Meglio una Cnosso camuffata che niente Cnosso". E io: "Invece no, meglio il niente. Il niente salva il sentimento della distanza storica". E lui: "Esageri al tuo solito". E io: "Devono smetterla di ridurre tutto a boccone per i turisti. I turisti rifiutano di trarre dalle rovine quello che solo le rovine possono dare: il senso del tempo, l'esperienza di una crescente remotezza, il confronto necessario con la perdita...". E lui: "Ma la leggenda dove la metti? Ci vuole anche la leggenda... Ragiona, amore". E io: "Ma che leggenda e leggenda? I turisti vogliono il presente, anzi, la presenza. Pretendono che il passato li tocchi, parli loro, si riveli nella più semplificata ovvietà, in un'interezza che non richieda stupori o smarrimenti o interrogativi assoluti. Altro che leggenda! E così i muri diroccati li pretendono ricostruiti, e quando hanno a disposizione il modellino completo, fanno i confronti con quello che serve a loro...". E lui: "Non sono d'accordo". E io: "A quelli che sono venuti prima di noi, alla loro dissoluzione, che sarà la nostra, non rivolgiamo un pensiero. Noi continuiamo ad alimentare una pretesa di attualità che ci condanna alla cecità e alla sordità...". Mi divertivo a inventare questo bisticcio, che assomigliava a molti altri bisticci della nostra vita. Sì, esageravo.

Una verità, però, appariva: che i turisti erano i cuccioli, io la rovina. All'improvviso li detestavo tutti, dal primo all'ultimo. Buffoni! Imbroglioni! Mi avevano fregato. Adrians, per primo, ma anche Fulvio, Davide, Niall e compagnia bella. E adesso per colpa loro mi privavo anche della soddisfazione di godermi finalmente il labirinto con il mio Alex!

Procedendo verso l'aeroporto, mi fermai a pisciare lungo la strada. Tra due grandiosi oleandri bianchi notai l'ingresso di un sentiero. Lo presi e, scendendo tra collinette di roccia rossastra, spruzzata di cespugli arsi e di antiche rocce, raggiunsi dopo una buona mezz'ora il mare. Né la breve spiaggetta di sassi né l'acqua limpidissima presentavano ombra di persona. Mi misi nudo e m'immersi. Gli unici suoni erano quelli delle onde e del mio respiro. Galleggiando sulla schiena, sognai che la mia vita stava per finire. Le onde mi stavano portando lontano e non sarei mai più tornato. Non avevo, però, nessuna paura. Non mi sentivo solo. E non volevo riaprire gli occhi. "Papà..." mi uscì di bocca. Non l'avevo quasi mai pronunciata quella parola. Ora non mi risultava più così difficile. "Papà..." Lo vedevo. "Papà, papà..." ripetevo nella mente, imponendomi di non aprire gli occhi. Quando avevamo cominciato a odiarci? Da quanto tempo non ci incontravamo? E di nuovo gli sedevo in grembo, di nuovo giocavo al gioco del più forte... Stavolta, però, stavo ben attento a non colpirgli la faccia. "Papà, papà, papà... Mi vuoi bene? Mi vuoi bene adesso?" Alex ci guardava. Era contento che fossi andato a vedere il labirinto e adesso aspettava che compissi l'ultima missione. Il papà si accorse di lui e mi guardò con un sorriso. Gli sorrisi anch'io. Sorridevamo tutti e tre. "Papà" gli dissi senza vergogna, accarezzandogli la spalla. "Vorrei presentarti Alex. Avanti, abbraccialo. Abbracciaci tutti e due."

Mentre salivo sull'aereo, ricevetti il seguente WhatsApp:

miss you

Traduco, pur sapendo che queste due paroline sono universalmente comprensibili:

mi manchi

Dalla voglia di cazzo in culo alla nostalgia... Un bel salto... Ma nostalgia di chi? Di che cosa? Erano passate parecchie settimane da quando Adrians mi aveva spedito le foto del suo nuovo appartamento londinese. Ormai ero convinto che tra noi non ci sarebbe mai più stato alcun contatto. Perché rifarsi vivo così? Che cosa gli era saltato in mente? Gli mancava lo spettatore? Il fesso del Randolph? O si era spornografizzato di colpo conquistando la capacità di amarmi? Il *soma* si era scrollato di dosso il *sema*?

"Non è vero" risposi, dopo aver raggiunto il mio sedile. Il fastidio e lo scherno certamente non si percepivano nella scrittura, ma vi assicuro che c'erano. E lui: "yes miss you". Ero determinato a non dargliela vinta. "No, Adrians! Tu ti sei tirato indietro. You rejected me." Emoji di faccina stupefatta.

Come continuare? Che direzione dare alle parole? Quali usare, e con quale fiducia, dato che ormai escludevo assolutamente che esistesse alcuna possibilità per comunicare con lui? Lasciai che l'aereo decollasse e durante il volo composi il seguente messaggio:

> Non sono arrabbiato con te, Adrians. Mi limito a constatare quel che è successo. Non hai voluto costruire un rapporto con me. Io ci ho provato. Sono tornato a febbraio, e non sai quanto mi abbia reso felice ritrovarti. A Cuba ho fatto l'impossibile per poterti scrivere ogni giorno. E dopo non vedevo l'ora di riabbracciarti e di rifare l'amore con te. A maggio purtroppo non è andata come speravo. A te non importava più niente. Sarei andato ovunque con te. Avrei cucinato per te per sempre. Avrei dormito con te ogni notte della mia rimanente vita. Ho sofferto molto vedendo quanto ti fossi allontanato. Non te ne faccio una colpa. Nessuno aveva colpa.

Non appena atterrato, lo inviai. E per la prima volta, sì, *per la prima volta!*, ottenni in risposta – e subito! – un messaggio vero e proprio, cioè una sequenza di affermazioni consapevoli, che presentavano perfino punti e virgole. Traduco:

> Mi spiace se ho fatto qualcosa di sbagliato. Ero in una fase di passaggio e ho dovuto cominciare un nuovo lavoro e cercare una nuova casa. Quando le cose mi schiacciano, mi chiudo nel mio guscio e aspetto che tutto passi. Si vede che non era il momento giusto. Ti chiedo scusa.

Pensando di essere stato troppo duro, provai a rimediare con l'aggiunta di queste righe:

Ti auguro una splendida vita, Adrians. Sei stato molto importante per me. Mi spiace che non ti sia fidato di me un po' di più, che non abbia visto quanto potessi darti. Proviamo a farci un bicchiere a Londra. Dobbiamo brindare al tuo nuovo lavoro e alla tua nuova casa.

Riprese a inviarmi i selfie. Diceva che si sentiva solo, che gli mancava molto la famiglia. Gli consigliai di trovarsi un ragazzo. "Ama qualcuno" scrissi. Nemmeno l'ombra di un emoji in risposta.

L'ultima volta, non molto tempo dopo, mi inviò un video stranissimo, ben girato e ben montato, forse l'opera di un professionista. O forse aveva fatto tutto da solo. Di qualcuno che lo riprendesse, comunque, si sarà dovuto avvalere. Chi? Un parente? Il cugino del Lyme Disease...? Va' a sapere... Vestito di un kimono sgargiante, dimagrito e luminoso, stava a mani giunte davanti a un incensiere in cima alla scalinata di un tempio ligneo e compiva una serie di inchini. Dove mai si trovava? In India? In Nepal? In Giappone, finalmente? E che rito stava officiando? Di quale religione era il sacerdote? Mi stava rivelando la sua vera identità una buona volta? Mi stava dicendo che ero stato, pur con tutta la mia dedizione, un indegno fedele? Che non avevo capito niente di niente...? Mi stava... *sposando*?

Macché. Quel video era un'altra messinscena; un'altra finta che altro fine non aveva se non rendere lui protagonista dell'ennesima finzione e me spettatore di un estremo, disperato trionfo del *sema*. Gli negai qualunque commento. Lui, in un esteso messaggio, mi spiegò che la Lettonia aveva molti luoghi stupendi e questo era uno. Scrisse anche: "un giorno ti porterò a visitare il mio paese". "Ci verrò volentieri" risposi.

Mentivo? Certo. Lo prendevo in giro? Non lo so. Volevo essere gentile, come lo si è con i malati e con i dementi. E lui, insistente: "your the one ive felt closest to". Traduzione:

"Sei la persona alla quale mi sia sentito più vicino". E adesso come rispondere a una simile dichiarazione, il cui senso chissà dove andava cercato? Così, come si risponde non a un individuo umano, ma allo stesso dio Amore, che tutto comprende e tutto confonde:

> Mi hai fatto sognare, Adrians. Io con te ho creduto di rinascere.

E lui, sempre più ispirato:

> it was beautiful

Anche quest'ultima frase, qualunque cosa significhi (che senso attribuire, infatti, a quell'*it*?), la possono capire tutti. Permettetemi lo stesso di tradurla, con la dovuta ortografia:

> È stato bellissimo.

Certificato PEFC
Questo prodotto è realizzato con materia prima da foreste gestite in maniera sostenibile e da fonti controllate
PEFC
PEFC/18-32-03
www.pefc.it

Mondadori Libri S.p.A.

Questo volume è stato stampato
su carta HOLMEN
con fibra vergine proveniente da foreste sostenibili holmen.com/paper
presso ELCOGRAF S.p.A.
Stabilimento - Cles (TN)

Stampato in Italia - Printed in Italy